Historische Buchreihe zu Glaube, Hoffnung, Liebe
Bd. 1

Romana Christ

GENOVEVA
DIE TREUE EHEFRAU

Oma, erzähl doch mal! Ein ergreifender historischer Liebesroman. Vollständig sprachlich überarbeitet und illustriert.

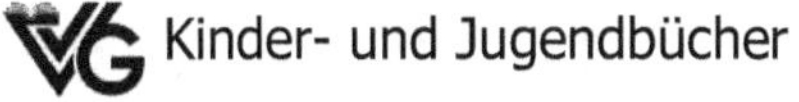

VG Kinder- und Jugendbücher

Historische Buchreihe zu Glaube, Hoffnung, Liebe
Bd. 1

Romana Christ

Oma, erzähl doch mal! Ein ergreifender historischer Liebesroman. Vollständig sprachlich überarbeitet und illustriert.

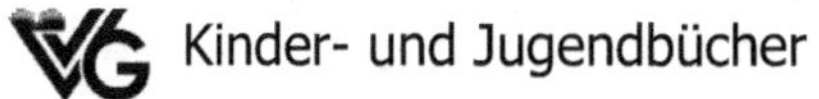

Kinder- und Jugendbücher

Bibliografische Information der Deutschen Nationalbibliothek: Die Deutsche Nationalbibliothek verzeichnet diese Publikation in der Deutschen Nationalbibliografie; detaillierte bibliografische Daten sind im Internet über http://dnb.dnb.de abrufbar.

Christ, Romana (2020): Genoveva, die treue Ehefrau: Oma, erzähl doch mal! Ein ergreifender historischer Liebesroman. Vollständig sprachlich überarbeitet und illustriert. (*Historische Buchreihe zu Glaube, Hoffnung, Liebe. Bd. 1*). Nürnberg: VG Kinder- und Jugendbücher.

Stand: November 2020
Dieses Buch erscheint als E-Book und Printbuch:
ISBN 978-3-96842-011-0 (Paperback)
ISBN 978-3-96842-012-7 (Hardcover)
ISBN 978-3-96842-013-4 (eBook mobil)

Illustrationen: A. Giesbrecht
Buchcovergestaltung: Waldemar Litke
Coverbild: Gopyur
Korrektorat: Evelyn Fast

© 2020 VG Kinder- und Jugendbücher
by Verlagsbuchhandlung Natalya Goss
Ludtringstr. 46, 90491 Nürnberg

http://www.verlagsbuchhandlung-goss.de

info@verlagsbuchhandlung-goss.de

http://www.facebook.com/gossvertrieb

KAPITEL 1

Genoveva wird Graf Siegfrieds Frau

Genoveva, die Pfalzgräfin, wurde vor vielen Jahrhunderten geboren und lebte zu einer Zeit, die für unser deutsches Vaterland sehr erfreulich und segensvoll war. Die Morgenröte des Evangeliums hatte bereits die Finsternisse des Heidentums in Deutschland zerstreut.

Die sanfte Lehre Jesu begann, die rauen Sitten unserer tapferen Voreltern zu mildern. Selbst der raue, unbebaute Boden gewann unter der fleißigen Hand der ersten Verkünder des Christentums eine freundlichere Gestalt, und die unermesslichen Waldungen mussten reichen Kornfeldern und blühenden Gärten Raum machen.

Viele deutsche Fürsten freuten sich des zweifachen Segens, den die christliche Religion über ihre Länder verbreitete, und wetteiferten, dieser Lehre vom Himmel zu huldigen.

Unter diesen Fürsten war nun auch Genovevas Vater, der Herzog von Brabant. Wegen seiner so großen Tapferkeit und seines kühnen Mutes in Schlachten wurde er allgemein bewundert; wegen seines christlichen Sinnes, seiner tätigen Liebe zu den Menschen und seiner unverbrüchlichen Rechtschaffenheit allgemein verehrt und geliebt.

Seine Frau, die Herzogin, war ihm an edlen Gesinnungen vollkommen gleich und mit ihm ein Herz und eine Seele. Genoveva war die einzige Tochter des fürstlichen Ehepaars und wurde von beiden Elternteilen unaussprechlich geliebt und vortrefflich erzogen.

Genoveva zeigte schon als Kind einen hellen Verstand und ein edles, gefühlvolles Herz. Ihr ganzes Betragen war ungemein sanft, sittsam und liebenswürdig. Als erwachsene junge Frau war sie ein Bild der Unschuld und Schönheit, und alle frommen Mütter stellten ihren Kindern das herzogliche Fräulein als ein Beispiel der Frömmigkeit, der Sittsamkeit, des Fleißes und jeder liebenswürdigen Tugend vor, die man sich denken konnte.

Graf Siegfried, ein sehr tapferer Ritter von hohem, edlem Sinn und Aussehen, rettete dem Herzog in der Schlacht das Leben. Der Herzog nahm ihn mit, als wäre er sein eigener Sohn und gab ihm seine Tochter zur Frau.

Als der Morgen anbrach, an dem Genoveva mit ihrem Mann abreisen sollte, blieb in der ganzen herzoglichen Burg und weit umher in der Gegend kein Auge trocken. Auch Genoveva weinte sehr.

KAPITEL 2

GRAF SIEGFRIED ZIEHT IN DEN KRIEG

Das Schloss des Grafen, Siegfriedsburg genannt, lag hoch auf Felsen zwischen zwei herrlichen Flüssen, dem Rhein und der Mosel, in einer schönen, anmutsvollen Gegend. Als sich nun der Graf mit seiner jungen Frau dem Schlosstor näherte, standen schon alle seine Diener und Untertanen – Männer, Frauen und Kinder – in ihrem besten Schmuck bereit, das edle Brautpaar zu empfangen. Die Schlosspforte war mit grünem Laubwerk und mit Blumen geschmückt, und auch der Weg war mit Blumen und frischen Blättern bestreut.

Genoveva stieg ab und grüßte alle mit freundlichen Worten. Sie redete mit den

Müttern, die mit ihren Kindern auf dem Arm und an der Hand umherstanden, sehr freundlich und beschenkte die Kinder, nach deren Namen und Alter sie gütig fragte, so reichlich, dass Mütter und Kinder entzückt waren.

Siegfried und Genoveva waren sehr glücklich. Aber diese Seligkeit währte nur wenige Wochen. An einem späten Abend saßen beide vergnügt in ihrem Wohnzimmer. Genoveva spann und sang, und Siegfried begleitete ihren Gesang mit der Laute.
Da hörten sie plötzlich draußen vor dem Schloss kriegerische Trompeten.

„Was gibt's?", rief der Graf seinem Stallmeister entgegen, der eben eilends hereinkam.

„Krieg!", antwortete dieser. „Die Saracenen sind aus Spanien in Frankreich eingebrochen und drohen alles durch Feuer und Schwert zu vernichten. Zwei Ritter sind soeben mit Befehlen vom König angekommen. Wir sollen, wenn's möglich ist, noch diese Nacht aufbrechen, um unverzüglich zum Heer des Königs zu stoßen."

Der Graf brachte die ganze Nacht mit Kriegsvorbereitungen, Aussendung der Boten an seine Kriegsleute in der Gegend und mit

Anordnungen für seine Abwesenheit zu. Alle Ritter der Nachbarschaft kamen auf seinem Schloss zusammen, und das ganze Schloss hallte vom Getöse der Waffen, den Fußtritten bewaffneter Männer und dem Klirren der Sporen wider.

Mit Anbruch des Tages waren alle Ritter vollständig gerüstet im Saal versammelt, und der Graf stand, vom Haupt bis zu den Füßen in Eisen gehüllt und einen wallenden Federbusch oben auf dem Helm, in ihrer Mitte. Unten im Schlosshof hatten sich Reiter und Fußvolk bereits wie in Schlachtordnung aufgestellt und erwarteten ihn.

Genoveva trat nun in den Saal und überreichte ihrem Mann, nach den Sitten der Ritterzeit, Schwert und Lanze. „Führe diese Waffen für Gott und Vaterland zum Schutz wehrloser Unschuld und zum Schrecken übermütiger Verbrecher!", sagte sie und sank ihm dann, bleich wie das weiße Tuch, das sie in der Hand hielt, in die Arme. Bange Ahnungen künftiger Leiden, die sie aber jetzt noch nicht zu deuten wusste, erfüllten ihr Herz.

„Ach, Siegfried, wenn du nicht mehr zurückkehrst!", seufzte sie und verbarg ihr Gesicht in ihrem Tuch. „Sei getrost, Genoveva!", sagte der Graf. „Ohne den Willen Gottes streckt mich keiner nieder. Überall sind wir in Gottes Hand. Darum sorge dich nicht, liebe Frau, und sei ruhig wegen mir. Die Verantwortung für dich, das Schloss und die Grafschaft habe ich, nach Gott, meinem treuen Hausmeister hier übergeben. Er ist von nun an Burgvogt und Verwalter meiner Besitzungen. Und nun empfehle ich dich dem Schutz des Höchsten an. Lebe wohl, vergiss mich nicht und bete für mich."

Genoveva begleitete ihn die steinerne Wendeltreppe hinab, und alle Ritter folgten.

Als sie aus der Schlosstür in den Schlosshof traten, tönten die Trompeten und die geschwungenen Schwerter blitzten in der eben aufgegangenen Morgensonne, um den Grafen zu begrüßen.

Er schwang sich auf sein Ross, blickte Genoveva noch einmal freundlich an und sprengte, um seine hervorbrechenden Tränen zu verbergen, eilends davon, und mit einem Getöse, das dem Donner glich, sprengten die Ritter und Reitersknechte über die zitternde Zugbrücke des Schlosses hinter ihm her.

Genoveva sah vom Turm aus dem Zug nach, bis er aus ihren Augen verschwand, verschloss sich dann in ihrem Zimmer, um sich auszuweinen, und genoss fast den ganzen übrigen Tag keinen Bissen mehr.

KAPITEL 3

Genoveva wird unschuldig angeklagt

Genoveva lebte nach der Abreise des Grafen auf ihrem Schloss in tiefster Stille. Wenn der rötliche Morgen über den Tannenwäldern aufging, sah man sie schon an ihrem Fenster bei der Arbeit sitzen, und manche Träne floss wie Tau auf die Blumen, welche sie stickte. Sobald das helle Messglöcklein tönte, eilte sie zur Schloss-kapelle und flehte mit Inbrunst für das Wohl ihres Mannes.

Sie versammelte die Mädchen des Dorfes, das unten am Schlossberg lag, unterrichtete sie im Spinnen und Nähen und erzählte ihnen bei der Arbeit mancherlei Schönes. Wie sie von Kindheit an eine Freundin der Armen und

Kranken gewesen, so war sie nun eine wahre Mutter derselben.

Der Hausmeister, dem der Graf alles übergeben hatte, hieß Golo. Er war ein feiner, wohlgebildeter Mann und wusste durch seine schmeichelhaften Reden und durch sein gefälliges Betragen fast jeden für sich einzunehmen. Aber er war ein Mann ohne Gottesfurcht und Gewissen. Sein Vorteil und sein Vergnügen gingen ihm über alles.

Sofort nach der Abreise des Grafen fing er an, den gebietenden Herrn zu spielen. Nur gegen Genoveva hatte er bisher immer die tiefste Ehrerbietigkeit gezeigt, und seine Freundlichkeit und Dienstfertigkeit gegen sie waren ohne Grenzen. Genoveva begegnete ihm mit Ernst und Würde, sprach nur mit ihm, was unumgänglich notwendig war und erinnerte ihn immer wieder an seine Pflicht.

Anfangs schien er ihr zu gehorchen und suchte seine Fehler vor ihr aufs Sorgfältigste zu verheimlichen oder doch zu entschuldigen. Aber nach und nach wurde er immer kühner und zuletzt so unverschämt, dass er ihr die schändlichsten Anträge machte, die man einer ehrenwerten, liebenden Frau nur machen kann. Sie wies ihn mit all dem Abscheu und Unwillen ab, den er verdiente, sodass er nun anfing, sie grimmig zu hassen und beschloss, sie umzubringen.

Genoveva, die nichts Gutes ahnte, schrieb an den Grafen, schilderte Golo ganz der Wahrheit gemäß und schloss mit der flehentlichen Bitte, diesen gefährlichen Menschen zu entfernen.

Der Küchenmeister des Grafen, der ein sehr redlicher Mann war, nichts als das Beste seiner Herrschaft suchte und sich den bösen Anschlägen des Golo, so gut er konnte, widersetzte, hieß Drako. Dieser übernahm es, den Brief der Gräfin, durch einen eigenen vertrauten Mann, heimlich an den Grafen zu senden.

Aber dem listigen Golo war dies nicht verborgen geblieben. In dem Augenblick, als Genoveva Drako morgens früh auf ihrem Zimmer den Brief übergab, stürzte Golo mit gezücktem Schwert herein, stieß den unschuldigen Drako vor ihren Augen nieder und erhob ein fürchterliches Geschrei.

Alle im Schloss liefen eilends zusammen, sahen die Gräfin entstellt und sprachlos vor Schrecken in einen Sessel gesunken und den guten Drako in seinem Blut zu ihren Füßen liegen. Golo brachte nun gegen die edle, schuldlose Gräfin solch schändliche Lügen vor, dass alle Knechte und Mägde im Schloss darüber erröteten.

Hierauf schickte er sogleich einen Boten mit lügenhaften, verleumderischen Briefen zu dem Grafen, klagte Genoveva, die frömmste und unschuldigste der Frauen, als ein treuloses, ehevergessenes Weib an und ließ sie indes in den tiefsten Turm des Schlosses werfen.

Golo kannte die Gemütsart seines Herrn ganz genau. Er wusste, dass der Graf zwar sehr edel gesinnt, gerecht, mitleidig und großmütig war; aber dass er bei all seinen vortrefflichen Eigenschaften seine Neigung zum schnellen, auffahrenden Zorn, zur Empfindlichkeit und Eifersucht nicht beherrschen konnte. Golo rechnete daher sicher damit, im ersten Anfall von Zorn werde der Graf vielleicht sogar Befehl geben, die Gräfin zu ermorden.

KAPITEL 4

Genoveva im Gefängnis

Der Turm, der als Gefängnis für Übeltäter bestimmt war und den das Volk nur den Armsünder-turm nannte, war der fürchterlichste unter den Türmen des Schlosses. Und ganz unten in diesem Turm lag Genoveva nun selbst. Ihr Gefängnis war so kalt, dumpf und schauerlich wie ein Totengewölbe. Die Mauern waren schwarzgrau und von der Feuchtigkeit an vielen Stellen grün angelaufen. Der Boden war mit roten Ziegelsteinen gepflastert.

Das wenige Tageslicht, das durch ein kleines, schwarzes Eisengitter hereinfiel und Genovevas blendendweißes Gewand erhellte, diente nur dazu, die Schrecknisse dieses fürchterlichen Ortes sichtbar zu machen. Zitternd vor Angst und Schrecken und fast betäubt von Schmerz und Kummer saß sie auf einem Lager aus Stroh. Neben ihr stand ein kleiner Tonkrug mit Wasser, und ein wenig raues, schwarzes Brot war ihre Nahrung.

Sobald sie sich von der ersten Betäubung des Schreckens und Schmerzes erholt hatte, faltete sie mit glühender Inbrunst ihre Hände, blickte zum Himmel auf und betete, heiße Tränen vergießend. Ihre Augen und Wangen wurden vom vielen Weinen nach und nach ganz wund. Manchmal aber saß sie vor großem Kummer wie starr und ohne Tränen da.

Genoveva saß mehrere Monate lang im Gefängnis. Ihr Leiden wurde immer größer. Bald nach der Abreise ihres Mannes war sie zu der entzückenden Gewissheit gelangt, Mutter zu werden. Dieser Augenblick war jetzt gekommen, und sie wurde Mutter eines Sohnes.

„O du liebes Kind", sagte sie und drückte es mit zitternden Armen an sich, „so bist du denn da! Und an diesem fürchterlichen Ort erblickst du die Welt. O, komm her an mein Herz, dass ich dich erwärme! Ach, deine arme Mutter hat nicht einmal eine Windel, um dich einzuwickeln. Kein Mensch reicht ihr auch nur einen Löffel voll warmer Suppe. Ach, wie könnte deine kranke, abgezehrte Mutter dich ernähren?!"

Dann blickte sie zum Himmel auf, hielt ihr Kind mit zitternden Armen empor und sagte unter Tränen: „O Gott! Du hast mir dieses Kind geschenkt. Du hast ihm das Leben gegeben. Deine Gabe ist es. Dir gehört es an. Dir soll es auch ganz gewidmet sein."

Nun betete sie noch lange still, griff dann nach dem Wassergeschirr, taufte das Kind und gab ihm den Namen *Schmerzenreich*. „Denn", sagte sie, „unter Schmerzen und Tränen kamst du zur Welt. Schmerzenreich soll daher dein Taufname und die Tränen deiner Mutter dein Vermächtnis sein."

Hierauf wickelte sie das Kind in ihre Schürze und legte es in ihren Schoß. „So", sagte sie „hier in meinem Schoß soll deine Wiege sein." Dann blickte sie wehmütig auf das kleine Stücklein harten, schwarzen Brotes neben sich und sagte: „Das, du armes Kind, das soll also künftig deine Nahrung sein. Es ist wohl hart und rau und reicht kaum für mich selbst; aber sei getrost, die Tränen deiner Mutter sollen es erweichen, und unter Gottes Segen ist es für dich und mich genug." Sie kaute das harte Brot klein und ernährte ihr Kind damit.

Als das Kind einmal sehr sanft in ihrem Schoß schlief, da neigte sie sich über dasselbe und seufzte: „O Gott, lass es doch nicht so elend umkommen!" Als Genoveva so sprach, erwachte der Kleine und lachte die Mutter das erste Mal freundlich an. Genoveva lächelte auch – das erste Mal im Gefängnis.

„Und du lächelst, liebes Kind", sagte sie und drückte es an ihr Herz. „Du beachtest die Schrecken dieses Ortes nicht? Ja, lächle nur! Dein Lächeln sagt mir mehr als tausend Worte. Es ist mir, als wolltest du sagen: Mutter, weine nicht, und sei fröhlich. Du bist wohl arm, aber Gott ist reich. Du bist hilflos, aber Gott ist ein mächtiger Helfer."

Nach einigen Tagen kam Golo. Mit wildem, verstörtem Gesicht stand er vor ihr. „Nun hab' ich genug", sagte er: „Wenn Ihr eine Närrin bleiben und Eure Launen nicht aufgeben wollt, so erbarmt Euch doch wenigstens Eures Kindes. Denn wenn Ihr nicht nach meinem Willen leben wollt, so müsst Ihr – Gott strafe mich – sterben und Euer Kind dazu."

Genoveva antwortete ruhig und ohne Furcht: „Lieber tausendmal sterben, als in etwas einwilligen, für das ich mich vor Gott, meinen teuren Eltern, meinem Mann und allen guten Menschen schämen müsste."

Golo warf ihr einen wütenden Blick zu, wandte sich voll grimmigen Zorns um und schlug die eiserne Tür mit einer Gewalt hinter sich zu, dass die Grundfesten des Gefängnisses zu wanken schienen und das donnernde Getöse noch lange in dem Gewölbe nachhallte.

KAPITEL 5

Genoveva erhält Nachricht von ihrem nahen Tod

Um Mitternacht klopfte auf einmal jemand an das kleine Fenster des Gefängnisses. „O liebe Gräfin, seid Ihr noch wach?", rief eine leise, klägliche Stimme. „O, was muss ich Euch sagen! Ach Gott! Ach Gott! Ich kann vor Weinen fast nicht reden. Ach, der gottlose Golo! Gott strafe ihn und werfe ihn in die unterste Hölle, den verruchten Bösewicht."

„Wer bist du denn?", fragte Genoveva, stand auf und ging zum Eisengitter.

„Die Tochter des Turmwächters", antwortete die Stimme. „Wisst Ihr, die Bertha, die schon so lange krank ist und der Ihr in ihrer Krankheit so viel Gutes getan habt. Ach, ich habe Euch so lieb und möchte mich Euch doch gerne dankbar zeigen. Aber ach! Ich bringe Euch eine schreckliche Nachricht.

Diese Nacht noch müsst Ihr sterben. Der Graf will es so; denn er hält Euch wirklich für die schändliche Verbrecherin, für die Euch Golo ausgab. Das hat er ihm geschrieben. Die Mörder sind schon bestellt. Sie müssen Euch das Haupt abschlagen. Es ist gewiss so. Ich hab' es selbst gehört, wie Golo es mit ihnen verabredete. Und ach! Euer Kind muss auch sterben. Denn der Graf will es nicht als seinen Sohn anerkennen.

Ach, mich ließ die Angst nicht ruhen. Ich konnte in dieser Nacht noch kein Auge zu tun. Sobald alles schlief, machte ich mich aus meinem Krankenbett auf und versuchte, mich zu Euch herabzuschleppen. Wenn Ihr noch etwas zu bestellen oder sonst etwas auf dem Herzen habt, so vertraut es mir an, damit nicht alle Eure Geheimnisse mit Euch in der Erde verscharrt werden und ich vielleicht noch einmal Eure Unschuld bezeugen kann."

Genoveva erschrak heftig und konnte vor Schrecken lange nicht reden. Endlich sagte sie: „Liebes Kind, sei so gut und bringe mir Licht, Tinte, Feder und Papier." Das Mädchen brachte es, und Genoveva fing an zu schreiben.

Weil kein Tisch und kein Stuhl da waren, schrieb sie auf dem Boden folgenden Brief:

„Mein liebster Mann! Hier auf dem harten Steinpflaster meines Gefängnisses liegend, schreibe ich an Dich. Wenn Du diesen Brief lesen wirst, modert die Hand, die ihn schrieb, schon lange im Grab. In wenigen Stunden stehe ich vor dem Richterstuhl Gottes. Ich bin als eine Übeltäterin zum Tode verurteilt. Aber Gott weiß, ich sterbe unschuldig; dies beteure ich Dir vor seinem heiligen Angesicht und am Rande der Ewigkeit. Ich weiß, Du musst schrecklich betrogen worden sein, sonst könntest Du Deine Genoveva und Dein Kind nicht töten lassen. Bitte doch Gott für Deine Übereilung um Vergebung. Verurteile niemanden mehr, ehe Du denselben gehört hast. Lass dieses Dein erstes übereiltes Urteil auch Dein letztes sein. Vergüte diese einzige böse Tat durch tausend gute und edle Taten. Und dann denke doch auch daran, dass es einen Himmel gibt. Dort wirst Du Deine Genoveva wiedersehen, dort wirst Du ihre Unschuld und Treue erkennen, dort wirst Du auch Deinen Sohn, den Du hier nie gesehen hast, das erste Mal sehen.

Doch meiner Augenblicke auf Erden sind nur noch wenige. Ich möchte noch gerne meine letzten Pflichten erfüllen. Ich danke Dir daher für alle Liebe, die Du mir in besseren Tagen erwiesen hast. Ich nehme die Liebe zu Dir mit mir ins Grab.

Nimm Dich meiner guten Eltern an. Sei ein guter Sohn gegen sie. Tröste sie in ihrem Jammer. Ach, ich kann ihnen nicht mehr schreiben, dass meine Stunde naht. Sage Du ihnen aber, dass ihre Genoveva keine Verbrecherin war – dass ich unschuldig starb – dass ich in der Stunde des Todes noch ihrer dachte und dass ich ihnen für alles, was sie an mir getan haben, herzlich danke.

Golo, den armen, verblendeten Toren, töte nicht in Deinem Zorn. Verzeih ihm, wie ich ihm verzeihe. Hörst Du! Ich bitte Dich darum. Ich will keinen Groll mit mir in die Ewigkeit nehmen, und wegen mir soll kein Tropfen Blut vergossen werden. Auch auf diejenigen, die mir das Haupt abschlagen werden wirf keinen Hass, dass sie mich unschuldig töten, sondern tue ihnen und den Ihrigen vielmehr Gutes. Sie handeln auf Befehl und tun es gewiss ungern.

Der gute, unschuldig ermordete Drako war einer Deiner redlichsten Diener. Sorge für seine Witwe, und sei ein Vater seiner armen Waisen. Das bist Du ihm schuldig, denn seine Anhänglichkeit an Dich war eigentlich die

Ursache seines Todes. Er starb für Dich. Vergiss auch nicht, ihn öffentlich und feierlich für unschuldig zu erklären.

Belohne das gute Kind, die Bertha, die Dir diesen Brief übergibt. Sie allein war mir treu, wo alles gegen mich war oder vielmehr aus Furcht vor Golo sich niemand meiner anzunehmen getraute. Und nun sag ich Dir mein letztes Lebewohl. Ich scheide mit versöhntem, liebevollen Herzen und bin noch im Tode Deine getreue Ehefrau Genoveva."

Diesen Brief schrieb Genoveva unter einem Strom von Tränen. Sie gab ihn nun dem Mädchen und sagte: „Diesen Brief bewahre als einen Schatz auf und zeige ihn keinem Menschen. Und wenn mein Mann aus dem Krieg zurückkommt, so gib den Brief in seine Hand."

Und nun nahm Genoveva eine Perlenschnur vom Hals und sagte: „Diese Perlen, liebes Kind, nimm für deine treuen, mitleidigen Tränen. Sie waren mein Brautschmuck und kamen, seitdem ich sie aus der Hand meines Mannes erhielt, fast nie von meinem Hals. Denk daran, dass deine Gräfin diese Perlen an jenem Hals trug, den jetzt bald das Schwert durchschneiden wird. Und nun geh hin und bleibe fromm und gut."

KAPITEL 6

Genoveva wird zur Hinrichtung hinausgeführt

Kaum war das Mädchen fort, so krachte die eiserne Tür des Gefängnisses, tat sich rasselnd auf und zwei bewaffnete Männer traten herein. Der eine hielt eine brennende Pechfackel in der Hand, und der andere trug ein großes Schwert unter dem Arm. Genoveva kniete mit ihrem Kind auf den Armen da und betete.

„Steh auf, Genoveva", sagte der Mann mit dem Schwert, der von Golo zum Scharfrichter bestellt war, trotzig und mit rauer Stimme, „nimm dein Kind mit dir, und komm mit uns!"

Genoveva rief: „Gott sei mir gnädig! Ich stehe in seiner Hand!", stand auf und wankte ihnen nach. Der Weg ging durch einen langen, unterirdischen Gang, der kein Ende nehmen

wollte. Der Mann mit der Fackel ging vor ihr
her; der andere mit dem Schwert hinter ihr
drein, und ein großer, zottiger Hund folgte
ihnen.

Endlich kamen sie an eine große, eiserne Tür. Da steckte der Mann, der vorausging, den Schlüssel ein und löschte die Fackel. Die Tür ging auf, und sie waren nun unter freiem Himmel, nahe an einem großen Wald. Es war eine helle Herbstnacht. Der Mond neigte sich zum Untergang. Der Wind wehte kalt.

Keiner der zwei Männer sprach ein Wort. Sie führten Genoveva weit, weit in den Wald hinein. Nun kamen sie auf einen freien Platz, der rings von hohen, schwarzen Tannen, düsteren Ulmen und zitternden Espen umgeben war.

Da sagte Kunz, der Mann mit dem Schwert: „Nun halt, Genoveva, und knie nieder." Genoveva kniete nieder. „Jetzt gib dein Kind her, und du, Heinz, verbind ihr die Augen", fuhr er fort, zog das Schwert aus der Scheide, erhob es und ergriff das Kind bei seinem Ärmlein. Aber Genoveva schloss das Kind fest in ihre Arme, blickte zum Himmel auf und schrie laut: „O Gott, lass mich sterben, nur rette mein Kind!"

„Mach keine Umstände", sagte der raue Mann. „Was sein muss, muss sein! Gib her!"

Aber Genoveva rief weinend und jammernd: „O ihr lieben Männer! Wie könnt ihr dieses arme, unschuldige Kind ermorden? Ermordet mich! Ich will ja gerne sterben! Nur lasst mein liebes Kind leben! Bringt es zu meinen Eltern! Oder, wenn ihr das nicht dürft, so lasst – nicht wegen mir, sondern meines Kindes wegen – mich leben. Ich will ja diesen Wald in meinem Leben nicht mehr verlassen und nie mehr unter die Menschen kommen, damit Golo nicht erfährt, dass ihr mich verschont habt. O seht, ich, eure Frau und Gräfin, knie vor euch und umfasse flehend eure Knie!"

„Ich tue nichts", sagte Kunz, der das Schwert noch immer hoch empor hielt, „als was mir befohlen ist! Ob es recht oder unrecht ist, mögen Golo und der Graf verantworten."

Aber Genoveva fuhr fort zu bitten und zu flehen. „O, blickt doch zum Himmel auf", sagte sie. „Seht ihr dort den Mond? Seht, er verbirgt sich hinter den Tannen, als könnte er die Tat, die ihr vorhabt, nicht ansehen. Seht doch, wie blutrot er untergeht! O, so oft ihr ihn künftig so untergehen seht, wird er euch des unschuldig vergossenen Blutes anklagen. Ja, wenn er auch hoch am Himmel steht und allen Menschen hell und klar scheint – so würde er euch doch blutrot vorkommen."

Heinz, der immer geschwiegen hatte, wischte sich eine Träne ab und sagte: „Du, Kunz, mir bricht das Herz. Wir wollen sie leben lassen.

Denk doch daran, wie viele Wohltaten sie dir in deiner letzten Krankheit erwiesen hat."

„Sie muss sterben", sagte Kunz. „Da hilft nichts, mein lieber Heinz. Es kommt mir bei meiner armen Seele auch hart an, sie umzubringen. Aber wenn wir sie leben lassen, müssen wir beide sterben. Und ihr hilft's doch nichts. Golo wird sie doch noch zu finden wissen. Zudem müssen wir ihm ja ihre Augen zum Wahrzeichen bringen, dass wir sie umgebracht haben."

„Wir wollen sie dennoch leben lassen", sagte Heinz. „Wir können es ja so machen: Wir lassen sie, damit wir nicht verraten werden, schwören, immer in diesem Wald zu bleiben – und Golo bringen wir die Augen deines Hundes da. Ich wette, das böse Gewissen lässt ihn sie nicht so genau ansehen, dass er den Betrug merkt. Aber nicht wahr, es kommt dich hart an, deinen Hund zu töten. Bedenke doch, Kunz, ob unsere liebe Gräfin und unser junger Graf, ob diese unglückliche Mutter und ihr unschuldiges Kind, dir nicht mehr wert sein sollten, als – Gott verzeih mir! – dein Hund! Kunz, sei doch kein Unmensch!"

„Das bin ich nicht", sagte Kunz. „Gott weiß es, noch nie war mir mein Amt so schwer. Aber Golo wird rasend, wenn wir seine Befehle nicht ausführen." „Du mit deinem Golo", sagte Heinz. „Der Unschuld das Leben zu schenken, ist offenbar etwas Gutes. Und ein Mann muss sich beim Tun von Gutem nicht fürchten, sondern auch etwas wagen."

Der harte Mann sagte endlich: „Es sei! Wir wollen es wagen."

Er sagte Genoveva nun gleich einen fürchterlichen Eid vor, ihr Leben lang nicht mehr aus dieser Wildnis zu entfliehen, und sie musste ihm jedes Wort nachsprechen. Nun führte Kunz mit seinem Gefährten, um ja recht sicher zu gehen, sie noch meilenweit über Berg und Tal in die fürchterlichste Gegend der Wildnis, wo seines Wissens noch nie ein menschlicher Fuß gewandert war, da sank sie endlich mit ihrem Kind, das sie mit ihren Armen umschlossen hielt, kraftlos und ohnmächtig unter einem Tannenbaum nieder.

KAPITEL 7

Genoveva und ihr Kind werden durch eine Hirschkuh vor dem Hungertod gerettet

Genoveva blieb lange ohnmächtig unter der Tanne liegen. Endlich erwachte sie und sah sich mit ihrem Kind in der Wildnis allein. Der ganze Himmel hatte sich inzwischen mit Wolken bedeckt. Der Mond war längst untergegangen. Es war sehr finster. Ein fürchterlicher Sturm brauste durch die Bäume. In dem Baum über ihr schrie eine Eule, und nicht weit von ihr entfernt heulte ein Wolf. Sie schauderte vor Furcht.

Mit ihrem Kind auf dem Schoß blieb sie unter dem Baum sitzen, faltete die Hände über ihren Knien zusammen, blickte mit stillen Tränen zum Himmel hinauf und wartete, bis der Tag anbrach. Aber er brachte ihr neuen Jammer. Es war ein trüber, nebliger Herbstmorgen.

Die ganze Gegend umher war rau, wild und schrecklich anzusehen. Überall nichts als kahle Felsen, Dornen und verwachsenes Gesträuch, nur hie und da einzelne Tannen und Fichten. Sie suchte überall umher, einen hohlen Baum oder eine Felsenhöhle als Obdach und einige wilde Früchte zur Nahrung zu finden. Aber nirgends fand sie ein trockenes Plätzchen, nirgends an den halb entblätterten Sträuchern auch nur eine Beere. Da grub sie mit ihren zarten Fingern aus dem harten Boden, der bereits zu gefrieren begann, einige Wurzeln aus. Diese Wurzeln zerkaute sie nun und gab sie ihrem Kind.

Daraufhin ging sie, so matt und kraftlos sie war, mit ihrem Kind auf dem Arm, weiter, ohne zu wissen, wohin. Als sie wieder einen Felsen überstiegen hatte, sah sie unten, zwischen den rauen Felsen, ein kleines, freundliches Tal mit Bäumen und Sträuchern. Sie kletterte hinab. In einem Felsen, der dicht mit Tannen bewachsen war, erblickte sie unter den überhängenden Ästen eine Öffnung. Diese führte in eine Höhle, die geräumig genug war, zur Not zwei oder drei Menschen zu beherbergen. Nicht weit davon entfernt sprudelte eine Quelle, hell wie Kristall, aus dem Felsen hervor.

Genoveva ging mit ihrem Kind in die Höhle hinein. Hier war sie endlich gegen Wind und Regen geschützt. Aber sie zitterte und bebte immer noch vor Kälte. Es war jetzt Mittag. Der Hunger quälte sie schrecklich, und auch ihr Kind fing wieder an, vor Hunger zu weinen und zu schreien. Da kniete sie in der Höhle nieder, legte ihr Kind vor sich auf den Boden, blickte durch die Öffnung der Höhle zum Himmel hinauf, faltete die Hände und betete:

„O du guter Vater im Himmel! Blicke hernieder auf eine weinende Mutter und ihr verhungerndes Kind. Du ernährst ja auch in der rauen Jahreszeit die Raben, die dort an dem hohen Felsen umherfliegen. Du vergisst auch das Würmlein nicht, das hier an der Felsenwand kriecht, und lässt es auch im Winter ein Faserlein grünes Moos finden. Nein, Vater, du kannst, du wirst uns nicht verhungern lassen! Du hast uns eben eine Wohnung finden lassen; du wirst auch für Nahrung sorgen."

Sieh, da zerteilten sich mit einem Mal die Wolken, und die Sonne schien mild und warm in die Höhle hinein. Es rauschte etwas in dem abgefallenen Laub, und plötzlich stand eine Hirschkuh vor der Höhle.

Da dieses friedliche Tier in der menschenleeren Wüste nie von Menschen verfolgt worden war, war es gar nicht scheu. Es kam in die Höhle, die sein gewöhnlicher Aufenthaltsort war, und blieb vor Genoveva stehen. Genoveva erschrak anfangs über das Tier; nach und nach wurde sie aber kühner und streichelte es sogar. Das Tier schien gegen diese Freundlichkeit nicht ganz ohne Gefühl zu sein.

Nun kam Genoveva auf den Gedanken, sich und ihr Kind mit der Milch dieser Hirschkuh zu ernähren. „O Gott, wozu zwingt die Not eine arme Mutter", sagte sie und ließ das Kind an der Hirschkuh trinken. Genoveva wickelte hierauf das Kind, das jetzt schwieg und schlafen wollte, in einen Teil ihrer Kleidungsstücke und legte es in eine Ecke der Höhle, wo sich ein bequemes Plätzchen fand.

Erst nachdem Genoveva für ihr Kind gesorgt hatte, dachte sie an sich. Sie ging aus der Höhle heraus, sammelte herumliegende Kürbisse, zerteilte mit einem scharfen Kieselstein jeden in zwei gleiche Stücke, höhlte sie aus und wusch sie in der Quelle. Als sie zurückkam, hatte sich das Tier in der Höhle niedergelegt.

Genoveva hielt ihm einige grüne frische Kräuter vor, die sie an der Quelle gefunden hatte. Da stand das Tier auf, fraß sie ihr aus der Hand und leckte ihr dann, als wollte es ihr seine Dankbarkeit bezeugen, die Hand. Nun versuchte Genoveva, die Hirschkuh zu melken. Das Tier ließ es geduldig geschehen. Genoveva füllte mehrere Kürbisschalen mit Milch. Sie trank nun, und Tränen der Dankbarkeit tröpfelten in die Milch. „O, welch ein köstlicher Trank ist dies", sagte sie. „So wohl hat mir in meinem Leben noch keine Speise geschmeckt."

Nachdem sie sich mit der Milch recht erquickt und Gott dafür gedankt hatte, ging sie wieder aus der Höhle, pflückte an den Felsen und den alten Baumstämmen umher zartes Moos, sammelte sich mehrere Schürzen voll davon und bereitete dann für sich und ihr Kind in der Höhle ein weiches Lager.

Genoveva setzte sich, müde von der Arbeit und noch mehr von dem Jammer dieses Tages, auf ein Felsenstück in der Höhle, das zu einem Sitz wie gemacht war. Zu ihren Füßen lag ein dürres Stöcklein, das von einem Tannenast abgefallen war. Sie zerbrach es in zwei ungleiche Stücke, befestigte mit einem zähen Tannenreis das kleinere so an dem größeren, dass ein Kreuz daraus wurde und sprach dann:

„O mein göttlicher Erlöser, der du aus Liebe zu mir und allen Menschen am Kreuz gestorben bist. Dieses, dein Zeichen, will ich immer vor Augen haben. Immer soll es mich an deine Liebe erinnern.“

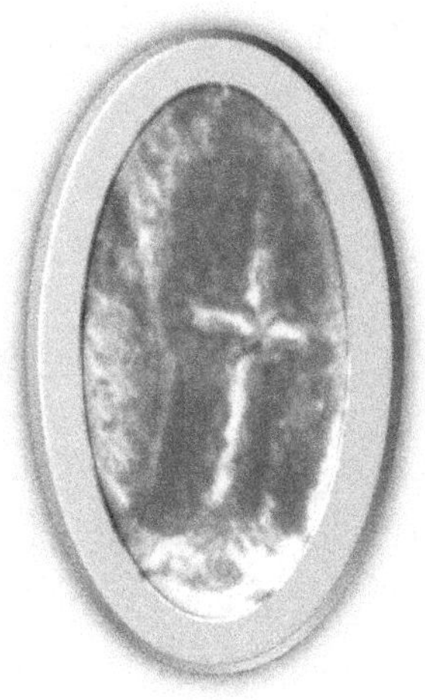

Nachdem sie so gebetet hatte, stellte sie das Kreuz in einer kleinen Vertiefung der Felsenhöhle auf, wo es am besten in die Augen fiel, legte sich auf das bereitete Lager aus Moos und ein sanfter Schlaf schloss ihr, nach langer Zeit das erste Mal, die Augen.

KAPITEL 8

Genovevas Leben in der Wildnis

Genoveva lebte von nun an in dieser Wildnis als wahre Einsiedlerin. Der Winter verflog, Frühling und Sommer kamen, machten dann wieder dem Herbst und Winter Platz, ohne dass sich etwas Besonderes ereignete.

Wie manchmal zwischen den Kräutern und Dornen in der Wildnis eine herrliche, purpurne Blume aufwächst, so blühte jetzt für Genoveva mitten in ihrer Einsamkeit die schönste der geselligen Freuden auf. Schmerzenreich, ihr liebes Kind, wuchs, lernte gehen, begann Worte zu stammeln und war in der Tat ein wunderschöner Junge. Genoveva fand in der Wüste nichts, um das Kind zu kleiden. Aber eines Tages erblickte sie ein junges Reh, das ein Fuchs soeben getötet hatte und verzehren wollte. Sie verscheuchte ihn, denn sie wollte das braune, weißgesprenkelte Fellchen des Rehes als Kleidung für ihren lieben Schmerzenreich benutzen.

Sie umhüllte ihn damit; Hände und Füße blieben aber frei, und er glich in dieser dürftigen Kleidung dem kleinen Johannes in der Wüste, den man mit einem Lammfell umgeben zu malen pflegt. Obwohl der Junge nichts als Kräuter und Wurzeln, Milch und Wasser bekam, so sah er doch so frisch und gesund, so schön und blühend aus wie das Leben.

Genoveva, die schon jahrelang kein Wort mehr von Menschenlippen gehört hatte, empfand eine entzückende Freude, als sie die ersten verständlichen Laute aus dem Mund ihres Jungen vernahm; eine noch größere Freude aber fühlte sie, als er das süße Wort M u t t e r das erste Mal schön und deutlich aussprach. Es war am Anfang des Winters. Sie redete nun in ihrer dunklen Höhle stundenlang mit ihm; sie ging mit ihm an milden Tagen hinaus in das kleine Tal und lehrte ihn alles, was hier zu sehen war, zu benennen, von der Sonne bis zum Kieselsteinchen, von der Tanne bis zum niedrigen immergrünen Moos; und sie konnte bald kleine Gespräche mit ihm darüber führen.

Gegen Ende des Winters wurde Schmerzenreich krank und konnte die Höhle lange nicht mehr verlassen; aber bald nach den ersten Tagen des Frühlings war er wieder gesund und blühte so schön wie eine Rose.

Da nahm ihn Genoveva an einem schönen Frühlingsmorgen bei der Hand und führte ihn das erste Mal wieder aus der dunklen Höhle heraus in das Freie und hinab in das blumige Tälchen. Die Pracht des vollen Frühlings, die der Junge jetzt mit hellerem Bewusstsein mit einem Mal erblickte, machte auf ihn den lebhaftesten Eindruck. Ganz erstaunt blieb er stehen und betrachtete alles mit Augen, die vor Freude und Verwunderung glänzten.

„Mutter, was ist das?", rief er, „was sehe ich? Alles ist ganz anders als vorher, alles viel schöner! Das Tal da war noch vor kurzer Zeit ganz weiß von Schnee, und jetzt ist es so schön grün, dass die Tannen dagegen nur schwarz sind. Und die Sträucher und Bäume, die vorher dürr und kahl da standen, die sind jetzt voll zarter, hellgrüner Blättlein. Und sieh nur da, auf dem Boden zu meinen Füßen, – welche wunderschönen, kleinen, netten Dingerchen das sind! O sieh nur, wie schön weiß, gelb und blau!"

„Das sind Blumen, liebes Kind", sagte Genoveva. „Sieh, ich breche einige für dich ab. Diese weißen hier nennt man Maßliebchen oder Gänseblümchen. Sieh, in der Mitte sind sie schön gelb, und die zarten, weißen Blättlein ringsumher sind an den Spitzen schön purpurrot. Diese ganz gelben da sind Schlüsselblumen. Riech einmal daran. Sie riechen sehr lieblich. Dieses Blaue hier ist ein Veilchen; das riecht noch lieblicher. Da nimm sie – sie alle gehören dir! Und pflücke noch, so viele du willst." Er pflückte so viele, dass er sie mit seinen kleinen Händchen nicht mehr umspannen konnte.

Genoveva setzte sich auf ein Felsenstück, das mit weichem, grünem Moos überwachsen und von einigen jungen Buchen beschattet war, nahm Schmerzenreich auf den Schoß und streute, was sie im Winter und in den ersten Tagen des Frühjahrs öfter getan hatte, einige gesammelte Samenkörnlein von Waldkräutern hin und lockte die Vögel. Da kamen eine Menge Vöglein herbei – das freundliche Rotkehlchen, der grünliche Zeisig, der Hänfling mit purpurrotem Scheitel und Brust, der buntfarbige Stieglitz – und pickten die Körnlein geschäftig auf.

„Sieh", sagte sie, „diese Vöglein singen so schön." Der kleine Schmerzenreich war vor Freude fast außer sich. „O ihr lieben, netten Tierchen!", rief er, „ihr singt so schön!"

Eines Tages sagte Genoveva zu Schmerzenreich: „Nun will ich dir wieder eine Freude machen. Komm mit mir!" Sie nahm ein Körblein an den Arm, das sie aus Binsen geflochten hatte, und führte ihn an ein grünes, sonniges Plätzchen zwischen Tannen und Felsen, wo sie schon vor mehreren Tagen Erdbeerblüten und reifere Beeren bemerkt hatte. Es waren auch schon mehrere Beeren vollkommen reif und roter als Scharlach.

„Sind das auch Blumen?", fragte der Junge. „Nein", sagte Genoveva, „das sind Erdbeeren." Sie pflückte einige der schönsten ab und sagte: „Nun mach den Mund auf und probiere sie mal."

Der Kleine aß sie, drückte die Hand auf die Brust und sagte: „O, die sind aber gut. Darf ich nicht mehrere pflücken?" „Natürlich", sagte Genoveva, „pflück und iss, so viele du willst, aber nur solche, die recht schön rot sind. Du kannst auch das ganze Körblein damit füllen und sie mit in unsere Höhle nehmen."

Da streckte er schnell das kleine Händchen aus und fing an zu pflücken und zu essen. „O, wie gütig", sagte er, „ist doch der liebe Gott, dass er uns so gute Sachen schenkt."

Unter vielen Freuden waren für Genoveva und Schmerzenreich der Frühling und Sommer verflossen. Es wurde Herbst. Die lieblichen Gesänge der Vögel waren verstummt und die meisten Vögel aus der Gegend hinweggezogen. Die Blumen waren fast alle verschwunden, und die noch übrig waren, standen welk, dürr und entfärbt da. Das Laub hing gelb und bleich an den Bäumen und Sträuchern, und was nicht von selbst abfiel, das schüttelten die kalten, brausenden Winde vollends herab.

Mit einem Herzen, schwer von Besorgnissen wegen des nahen Winters, saß Genoveva an dem Eingang der Höhle und sah mit tränenden Augen hinaus in die Verwüstung.

Sie war nun täglich beschäftigt, Buchenkerne und Haselnüsse, Dornschlehen und Hagebutten und was sie sonst Genießbares an Früchten und Wurzeln fand für den Winter einzusammeln, und Schmerzenreich half ihr dabei.

Eine größere Sorge als die Nahrung für den Winter, machte ihr ihre Kleidung. Ihr einziges

Kleid, das sie nun schon so lange Zeit beständig trug, war bereits sehr abgenützt und beinahe zerrissen. Weinend saß sie eines Tages am Eingang der Höhle und suchte die sich ablösenden Stücke mit zähen Grashalmen und kleinen Dornspitzen wieder aneinander zu befestigen. Aber die Arbeit wollte ihr nicht gelingen und nicht recht halten.

„Ach", seufzte sie still, „was gäbe ich jetzt um eine Nadel und einige kleine Fäden. Wie viele Wohltaten Gottes genießen doch die Menschen, die gesellig zusammenleben, und doch fällt es manchen nicht einmal ein, Gott dafür zu danken."

Ein paar Tage danach befahl sie dem Jungen, sich nicht von der Höhle zu entfernen, nahm einen starken Ast in die Hand, hängte eine ausgehöhlte Kürbisflasche voll Milch an die Seite und ging weit in der Wildnis umher, um noch mehrere Bäume aufzusuchen, deren Früchte man essen konnte.

An dem Abhang eines hohen Berges, den sie ersteigen wollte, setzte sie sich nieder, um auszuruhen und sich mit etwas Milch zu stärken. Da kam ein fürchterlicher Wolf den Berg herauf und trug ein Schaf im Maul. Er stand still und sah Genoveva mit grimmigen, funkelnden Augen an. Genoveva erschrak und erzitterte. Schnell besann sie sich aber, ergriff den Ast, der neben ihr lag, sprang auf den Wolf zu und versetzte ihm mit ganzer Kraft einen Schlag auf den Kopf, um das geraubte Schaf aus seinem Rachen zu retten.

Der Wolf ließ das Schaf fallen, purzelte betäubt eine Strecke weit den Berg hinunter und lief heulend davon. Genoveva kniete neben dem Schaf nieder, goss ihm etwas Milch aus der Schale ins Maul und versuchte, es noch am Leben zu halten, aber es war schon tot.

Sie suchte nun unten am Bach, der an dem Berg vorbeifloss, eine scharfe Muschel und zog damit dem Schaf das dichte, wollige Fell ab. Dann reinigte sie das Fell in dem klaren Bach von Staub und Blut, ließ es an der Sonne trocknen und kleidete sich damit ein. So kam sie erst spät am Abend wieder in dem Tälchen bei der Höhle an.

Schmerzenreich kam ihr schon von Weitem entgegengesprungen und rief: „O Mutter, kommst du doch noch! Ach, ich hatte solche Angst um dich!" Sie gingen nun beide in die Höhle, Schmerzenreich brachte ihr eine Kürbisschale voll Milch und ein Binsenkörblein voller Früchte, und Genoveva musste ihm nun ausführlich erzählen, wie sie zu diesem Wollkleid gekommen war.

KAPITEL 9

Genoveva wird krank

Wie den verflossenen Sommer und Winter, so brachte Genoveva mit ihrem lieben Schmerzenreich mehrere Sommer und Winter in der Wildnis zu und war jetzt bereits im siebten Jahr. Die vorigen Winter waren nie sehr kalt. Doch dieser siebte Winter ihres Aufenthalts in der Wildnis war für sie fürchterlich.

Eine ungeheure Menge Schnee bedeckte Berg und Tal, und die stärksten Äste der Eichen und Buchen brachen unter seiner Last. Die Kälte war sehr hart. Draußen bellten die Füchse vor Frost, und nachts hallte das Geheul der Wölfe fürchterlich durch die Wildnis. Genoveva schloss ganze Nächte hindurch kein Auge vor Kälte.

Schmerzenreich, der von Kindheit an die rohen Speisen und die harte Lebensart gewohnt war, fühlte sich trotz der Kälte wohl. Aber Genoveva, die zarte, herzogliche Prinzessin, die in Zimmern erzogen war, deren Fußböden mit Teppichen belegt waren, konnte es in diesem kalten Felsengewölbe nicht mehr aushalten. Sie wurde krank.

„O", sagte sie oft weinend, „wenn ich nur ein einziges Fünklein Feuer hätte, – was wäre dies für ein Himmelsgeschenk für mich. Ich könnte dann von den Tannenreisern und dürren Ästen, die es hier in Mengen gibt, leicht ein Feuer anzünden und mich wärmen." Ihr schönes, freundliches Gesicht veränderte sich. Das sanfte, blasse Rot ihrer Wangen verschwand, und sie war totenbleich. Ihre lieblichen Augen verloren ihren Glanz und sanken in die Augenhöhlen zurück. Sie wurde sehr dünn und sah jämmerlich aus.

„O liebste Mutter", sagte Schmerzenreich mit Tränen in den Augen, „wie siehst du aus! Ich kenne dich ja fast nicht mehr. O Gott, o Gott! Was ist das?"

„Liebstes Kind", sagte Genoveva mit schwacher Stimme, „ich bin sehr krank. Ich werde wohl sterben."

„Sterben?", fragte der Kleine. „Was ist denn
das? Davon hab ich ja in meinem Leben noch
nichts gehört!"

„Ich werde einschlafen", sagte Genoveva,
„und nicht mehr aufwachen. Nie mehr sieht
dann mein Auge die Sonne, und mein Ohr hört
dann deine Stimme nicht mehr. Dieser Leib
wird kalt und starr am Boden ausgestreckt
liegen und keinen Finger mehr bewegen
können. Schließlich vermodert er und wird
ganz zu Erde."

Da fiel der Knabe ihr laut weinend um den
Hals und wiederholte immer nur die Worte:
„O Mutter, Mutter, stirb doch nicht! Ich bitte
dich, stirb nicht!" Genoveva sagte: „Weine
nicht, liebstes Kind. Es liegt nicht bei mir, so
lange zu leben wie ich will. Gott will es nun
einmal, dass ich sterbe."

„Gott!", rief der Knabe ganz verwundert.
„Aber du hast mir ja immer gesagt, Gott sei
gut. Wie kann er denn nun wollen, dass du
stirbst? Sieh, ich könnte ja kein Vöglein
umbringen – und noch viel weniger dich!"
Genoveva antwortete: „Du hast Recht, liebes
Kind. Da du mich nicht umkommen lassen
oder gar töten könntest, so kann G o t t dies
noch viel weniger. Er, der ewig lebt, gibt auch
uns ewiges Leben. Doch muss ich dir dieses

erst erklären. Weißt du noch, lieber Sohn, wie ich mein altes Kleid auszog und weglegte, weil es nichts mehr taugte, und mir Gott ein besseres schenkte? Sieh, so wie ein Kleid werde ich jetzt auch diesen hinfälligen Leib ausziehen und weglegen. Er wird vermodern wie jenes alte Gewand. Ich selbst aber komme zu Gott, unserm lieben Vater im Himmel. Der wird mich dann mit einem schöneren, herrlichen Leib bekleiden. O, dort im Himmel – dort werde ich es gut haben. Dort werde ich nicht mehr vor Frost zittern und nicht mehr krank sein. Wie der Frühling schöner ist als der Winter, so ist der Himmel schöner als die Erde. Wer gut und fromm ist, der kommt einmal dahin." „Mutter", sagte Schmerzenreich, „ich will mit dir gehen. Ich möchte nicht alleine unter den Tieren der Wildnis hier bleiben, denn die antworten mir nicht, wenn ich mit ihnen rede."

„Nein, lieber Sohn", sagte Genoveva. „Du musst noch länger auf Erden bleiben. Einst aber kommst du, wenn du fromm leben wirst, gewiss zu mir in den Himmel, denn du musst auch einmal sterben. Jetzt aber höre, was ich dir weiter sagen werde.

Wenn ich nichts mehr sage, wenn mein Atem still steht, wenn mein Auge erloschen, mein Mund erblasst, meine Hand starr und kalt sein wird, so bleibe noch einige Tage hier. Dann gehe aus dieser Wildnis fort – immer geradezu dahin, wo jetzt die Sonne aufgeht. Da wirst du nach einem oder zwei Tagen an das Ende dieses wilden Waldes kommen und eine große, schöne Ebene vor dir sehen, in der viele tausend Menschen wohnen."

„Viele tausend Menschen!", rief Schmerzenreich voll Erstaunen. „O, wenn du nur gehen könntest, da gingen wir sogleich zu ihnen."

„Ach, mein Kind", sagte Genoveva. „Diese Menschen haben uns eben in diese Wildnis zu den Tieren des Waldes hinausgestoßen. Sie wollten dich und mich umbringen. „So mag ich nicht zu ihnen", sagte der Junge. „Ich habe gemeint, sie seien so gut wie du, Mutter. Aber müssen diese Menschen denn auch sterben?" „Freilich", sagte Genoveva. „Alle Menschen müssen sterben."

„O, so werden sie das nicht wissen, wie ich es bisher nicht wusste", sagte Schmerzenreich. „Ja, nun will ich zu ihnen und will's ihnen sagen. Menschen, will ich ihnen zurufen, ihr müsst alle sterben! Bessert euch, sonst kommt ihr nicht in den Himmel! Wenn sie es mir nur glauben!"

„O Kind", sagte Genoveva, „sie wissen längst, dass sie sterben müssen. Aber deshalb bessern sie sich doch nicht." „Nun mag ich gar nicht zu ihnen", sagte Schmerzenreich.

„Du musst dennoch zu ihnen, liebes Kind", sagte Genoveva. „Ich habe dir bisher nur von deinem Vater im Himmel erzählt. Nun muss ich dir aber noch sagen, dass du auch einen Vater auf Erden hast, wie du eine Mutter auf Erden hast."

„Einen Vater auf der Erde", sagte der Junge freudig, „den ich so wie dich sehen und so, wie ich jetzt dich, bei der Hand nehmen kann, der nicht unsichtbar für uns ist, wie der Vater im Himmel?"

„Ja, liebes Kind", sagte die Mutter, „du wirst ihn sehen und mit ihm reden."

„Ihn sehen und mit ihm reden!", rief das Kind, und seine Augen funkelten von Freundlichkeit. „Aber", fuhr er bedenklich fort, „warum kommt er denn nicht zu uns, und warum lässt er uns so allein in der Wildnis? Er wird doch nicht auch einer von den bösen Menschen sein!"

„Nein, liebes Kind", sagte Genoveva. „Er ist ein guter Mensch. Er weiß nicht, dass wir hier in der Wüste sind. Er weiß nicht einmal, dass wir noch leben. Er meint, wir seien beide umgebracht worden."

Sie erzählte dem Jungen hierauf von ihrer Geschichte so viel, wie er verstehen konnte, zeigte ihm einen goldenen Ring, den sie bisher in einer kleinen Felsenspalte aufbewahrt hatte, und sagte: „Sieh, diesen Ring hier habe ich von deinem Vater bekommen."

„Von meinem Vater!", rief Schmerzenreich freudig. „O, so lass mich den Ring doch betrachten. Von meinem Vater im Himmel habe ich schon viele schöne Dinge gesehen – Sonne und Mond, Sterne und Blumen; aber von meinem Vater auf Erden hab' ich armes Kind in meinem Leben noch nichts gesehen."

Genoveva gab ihm den Ring. „O, der ist schön", sagte Schmerzenreich. „Hat mein Vater noch mehr solch schöne Sachen, und schenkt er mir auch etwas davon?"

„Wohl, liebes Kind", sagte Genoveva und steckte den Ring an den Finger. „Wenn ich tot sein werde, dann nimm diesen Ring von meinem Finger. Denn eher will ich ihn nicht mehr ablegen, sondern ihn bis in den Tod hier aufbewahren; so wie ich deinem Vater Liebe und Treue auch bis in den Tod bewahrte."

„Wenn du nun zu den Menschen kommen wirst", sprach sie weiter, „so frag nach dem Grafen Siegfried; denn so heißt dein Vater. Bitte die Menschen, dich zu ihm zu führen; sage aber keinem, wer du bist, woher du kommst oder warum du zu dem Grafen willst. Auch den Ring lass niemanden sehen. Wenn du dann vor dem edlen Grafen, deinem Vater, stehen wirst, so gib ihm den Ring und sage zu ihm:

,Vater! Diesen Ring schickt dir Genoveva, meine Mutter, zum Zeichen, dass ich dein Sohn bin. Vor einigen Tagen ist sie gestorben. Sie grüßt dich noch einmal und lässt dir durch mich sagen, dass sie unschuldig war und dass sie dir verzeiht. Im Himmel hofft sie, dich wiederzusehen, da es auf dieser Welt nun einmal nicht mehr hat sein können. Du sollst fromm leben, getrost sein, nicht um sie weinen und für mich sorgen.'

Vergiss mir nur das nicht, liebes Kind, ich sei unschuldig und ihm treu! Dein Vater wird sich unbeschreiblich freuen, dich, sein liebes Kind, das er nie sah, noch am Leben zu sehen. Er wird dich küssen, dich auf seine Arme und auf seinen Schoß nehmen, dich an sein Herz drücken, dich seinen Sohn nennen und dich vieles von mir fragen und vor Leid und Freude weinen. Er wird dich so lieb haben wie ich, und dir mehr Gutes erweisen, als ich, deine arme Mutter, dir erweisen konnte."

Genoveva konnte vor Weinen nicht mehr weiterreden, legte ihr Haupt auf ihr Lager aus Moos und konnte lange Zeit vor Schwäche kein Wort mehr hervorbringen.

Die schreckliche Kälte des Winters ließ nach, und es wehte wieder eine laue, milde Luft. Die Sonne schien mittags hell und freundlich in die Höhle herein, und ihre goldenen Strahlen waren schon merklich warm. Der Schnee am Eingang und das Eis an den Wänden der Höhle schmolzen und rannen in großen Tropfen herab. Mit Genovevas Krankheit wurde es aber täglich schlimmer. Sie sah nichts vor Augen als den nahen Tod und bereitete sich auf das Sterben vor.

Eines Morgens hatte sie ein paar Stunden recht sanft und süß geschlafen. Sie erwachte viel heiterer und gestärkter. Das kleine, hölzerne Kreuz, das sie von der Wand genommen hatte und während ihrer Krankheit öfter in der Hand hielt, war ihr im Schlaf entfallen. Sie suchte es, und Schmerzenreich, der gleich merkte, was sie wollte, gab es ihr wieder in die Hand.

„Aber, liebe Mutter", fing er darauf an, „warum hast du immer dieses Holz in der Hand?" „Liebes Kind", sagte sie, „ich glaubte länger zu leben, sonst hätte ich dir dieses schon früher gesagt, aber ich sehe jetzt wohl, dass man nichts Gutes aufschieben soll.

Ich habe dir schon davon erzählt, dass der Vater im Himmel auch einen Sohn hat, der ihm in allem gleicht. Dieser, sein lieber Sohn, war so mächtig und liebreich wie sein Vater selbst. Als er noch ein Kind war, noch viel kleiner als du, da war er mit seiner lieben Mutter auch in einer solchen Höhle, die der Aufenthalt der Tiere war, wie diese hier. Als er erwachsen und wohl etwas älter als ich war, lebte er auch einige Zeit in einer Wildnis, die noch viel schrecklicher war als diese hier.

Er betete da beständig, damit das, was er den Menschen sagen und zu ihrem Heil tun wollte, doch nicht vergebens sein möchte. Darauf ging er zu den Menschen hin und erzählte ihnen, dass der Vater im Himmel ihn zu ihnen geschickt habe, dass dieser himmlische Vater gut sei und sie lieb habe und dass alle Menschen Kinder dieses guten Vaters seien; er ermahnte sie, dass sie deshalb auch recht gut sein und diesen guten Vater und einander recht lieb haben sollten. Aber die Menschen glaubten ihm nicht, dass er der Sohn Gottes sei und dass der Vater im Himmel ihn in die Welt geschickt habe. Sie konnten es nicht leiden, dass er immer sagte, sie seien böse, und sie sollten gut werden.

Da hämmerten sie denn ein großes Holz zusammen, gerade so wie das kleine, das ich hier in der Hand habe. Man nennt es ein Kreuz. Dann bohrten sie Nägel – die ungefähr den Dornen gleichen, aber viel größer und härter sind – durch seine Hände und Füße und hefteten ihn so mit ausgestreckten Armen an das Kreuz. Da lief das Blut aus den Wunden, und er musste sterben. Er wurde vom Kreuz herabgenommen und lag nun tot auf der Erde. Man legte ihn in eine Felsenhöhle und wälzte ein großes Felsenstück vor den Eingang der Höhle.

Aber denk nur, ehe drei Tage vergangen waren, da kam er wieder lebend aus der Höhle hervor. Einige wenige Menschen waren doch nicht so böse wie die übrigen. Sie hatten ihm Gehör gegeben und sich gebessert. Diese hatten ihn sehr lieb gehabt und viel über seinen Tod geweint. Zu diesen ging er nun hin. Er sagte ihnen, dass er nun wieder zu seinem Vater heimgehe in den Himmel. Alle waren darüber sehr traurig, aber er sagte:

‚Weinet nicht, nun lasst euch das Herz nicht schwer werden. Seht, droben, wo mein Vater wohnt, da ist Raum genug für euch. Ich gehe jetzt nur hin und bereite euch indessen einen Platz.' Er segnete sie und schwebte dann vor ihren Augen immer höher und höher zum Himmel hinauf, bis ihn endlich eine goldene Wolke vor ihren Blicken verbarg.

Und nun, lieber Schmerzenreich, begreifst du wohl, warum ich dieses kleine Kreuz hier immer in der Hand halte. Es erinnert uns an die Liebe desjenigen, der für uns am Kreuz litt und starb."

Als die Abenddämmerung anbrach, nahm Genovevas Schwäche zu. Sie atmete schwer, sodass ihr der heiße Schweiß ausbrach. Da fasste sie alle ihre Kräfte zusammen, setzte sich von ihrem Mooslager auf, blickte den Knaben, der neben ihr saß, ernst und wehmütig an und sagte mit einer seltsam bewegten, feierlichen Stimme, über die der Knabe erschrak:

„Schmerzenreich! Knie nieder, dass ich dich noch segne, wie meine Mutter mich auch gesegnet hat, ehe ich von ihr schied. Ich glaube, mein Ende ist nicht mehr fern."

Der arme Junge kniete schluchzend nieder, neigte sein wehmütiges Gesichtchen gegen die Erde und hob die kleinen zitternden Händchen andächtig empor. Genoveva legte ihre Hand auf seinen lockigen Kopf und sagte tief gerührt und mit großer Andacht:

„Gott segne dich, mein Sohn, und Jesus Christus sei mit dir, und sein Geist leite und regiere dich, damit du ein guter Mensch werdest und nie, nie etwas Böses tust und ich dich im Himmel einst wiedersehen möge."

Sie konnte nicht mehr weiterreden, sank zurück auf ihr Krankenlager, schloss die Augen und Schmerzenreich wusste nicht, ob sie nur schlief oder schon tot war. Er kniete weinend und schluchzend neben ihr und betete: „O Gott, lass sie nicht sterben! O Jesus Christus, wecke du sie wieder auf!"

KAPITEL 10

Graf Siegfrieds Trauer um Genoveva

Graf Siegfried lag damals, als er auf Golos Anklage in der ersten Aufwallung des Zorns das unglückliche Todesurteil über Genoveva unterzeichnete, in seinem Kriegszelt an einer Kriegswunde krank darnieder.

Sein alter Kriegsgefährte und Stallmeister namens Wolf war eben viele Meilen weit vom Lager entfernt und hielt mit seinen Reitern einen engen Gebirgspass besetzt. Als Wolf abgelöst wurde, zurückkam und in das Zelt des Grafen hineintrat, um sich nach dem Befinden seines Herrn zu erkundigen, da erzählte ihm der Graf sofort alles, was inzwischen vorgegangen war. Der alte ehrliche Diener erschrak, sodass er erblasste.

„O lieber Herr", sagte er, „was habt Ihr getan? Eure Frau ist gewiss unschuldig. Dafür verpfände ich meinen alten, grauen Kopf. Aber Euer Golo ist ein nichtswürdiger Schurke. Haltet einem alten Diener dies Wort zugute. Ich weiß wohl, dass er sich durch sein beständiges Schmeicheln tief in Euer Herz eingeschlichen hat.

Aber glaubt mir, wer Euch immer lobt und Euch zu allem Recht gibt, der ist Euer Feind. Wer Euch aber die Wahrheit auch dann sagt, wenn Ihr sie nicht gerne hört, der ist Euer Freund. Hört mir deshalb zu, lieber Herr, und nehmt Euer übereiltes Urteil auf der Stelle zurück."

Der Graf gestand, dass er sich übereilt habe, zweifelte aber immer noch, wer der schuldige Teil sei, seine Frau Genoveva oder sein Liebling Golo. Denn Golos Brief war ein solches schlau ersonnenes Gewebe von Lügen und der Bote, den Golo für das Überbringen dieser Botschaft ausgesucht hatte, war ein solcher ausgelernter Betrüger und wusste alles mit einem solchen Anschein von Ehrlichkeit zu bestätigen, dass der eifersüchtige Graf ganz verblendet wurde.

Trotzdem schickte er nun auf der Stelle einen zweiten Boten an Golo ab, mit dem Befehl, seine Frau Genoveva bis zu seiner Rückkehr auf ihrem Zimmer zu verwahren, ihr aber durchaus kein Leid zuzufügen und es ihr nicht am geringsten fehlen zu lassen.

Er gab dem Boten sein bestes Pferd und gebot ihm mit größtem Nachdruck, zu eilen und so schnell zu reiten, wie das Pferd es nur aushalten könne. Auch versprach er ihm eine große Summe Goldes, wenn er noch zur rechten Zeit in Siegfriedsburg eintreffen würde.

Während der Bote sich auf der Reise befand, wurde der Graf von Tag zu Tag schwermütiger. In der einen Stunde dachte er, Genoveva sei unschuldig; in der anderen meinte er wieder, es sei unmöglich, dass Golo, dem er so viel Gutes getan hatte, ihn so schrecklich belügen könne. So wurde sein Herz ständig von Ungewissheit und heftigen Zweifeln gefoltert. Zehnmal am Tag schickte er seinen treuen Wolf hinaus vor das Lager, um zu sehen, ob der Bote noch nicht zurückkomme und ganze Nächte hindurch konnten seine Augen keinen Schlaf mehr finden. Endlich kam der Bote und brachte die Nachricht, Genoveva mit ihrem Kind sei nachts heimlich im Wald hingerichtet worden, wie es der Graf befohlen hatte.

Dem guten Grafen war es zumute, als würde ihm sein eigenes Todesurteil gesprochen. Er versank in stumme Trauer. Der alte, ehrliche Wolf eilte, um seine hervorströmenden Tränen vor dem Grafen zu verbergen, schnell aus dem Zelt, schlug die Hände über dem Kopf zusammen und jammerte laut. Alle Reiter des Grafen versammelten sich um Wolf, verwünschten Golo und schworen, den Bösewicht, sobald sie nach Hause kommen würden, in Stücke zu zerhauen.

Der Graf lag ein Jahr lang krank darnieder, denn die Unruhe und der nagende Wurm in seinem Herzen verzögerten die Heilung. Sobald er soweit hergestellt war, dass er wieder reiten konnte, bat er um seinen Abschied. Da die Saracenen bereits geschlagen waren und man von ihnen nur noch wenig zu fürchten hatte, entließ ihn der König. Der Graf brach daher mit seinem treuen Wolf und seinen tapferen Kriegern gleich auf und ritt der geliebten Heimat zu.

Als er eines Abends spät bei dem ersten Dörflein seiner Grafschaft anlangte, kamen die guten Leute – Männer, Frauen und Kinder – gleich alle aus ihren Häusern und Hütten hervor, erhoben einen allgemeinen Jammer und riefen ihm entgegen: „O bester, gnädiger Herr!

Ach, das schreckliche Unglück! Ach, die gute Gräfin! Ach, der gottlose Golo!"

Der Graf stieg ab, grüßte alle freundlich, gab ihnen die Hand und fragte nach allem, was während der Zeit, da er im Krieg war, zu Hause geschehen war. Da hörte er von Genoveva nichts als Gutes und von Golo nichts als Böses. Zornig und mit erschrockenem Herzen ritt er weiter, um noch in derselben Nacht Siegfriedsburg zu erreichen. Schon in weiter Ferne sah er alle Fenster des Schlosses beleuchtet.

Als er näher kam und den Schlossberg hinaufritt, hörte er eine rauschende Musik. Golo hielt mit seinem Anhang eben eine Freudenmahlzeit, denn er hoffte sicher, der Graf werde an seiner schweren Wunde sterben. Er betrachtete sich schon als Herrn der ganzen Grafschaft und suchte durch beständige Zerstreuung und durch lärmende Lustbarkeiten sein böses Gewissen zum Schweigen zu bringen.

Als der Graf mit seinen Kriegern an dem Schlosstor angekommen war, befahl er den Trompetern, das Zeichen zu geben, dass er da sei. Der Wächter auf der Zinne des Turmes antwortete mit seiner Trompete. Golo und alle seine Gäste oben im Saal sprangen von den

Sesseln auf. Der Ausruf: „Der Graf! Der Graf!",
hallte durch das ganze Schloss.

Golo, der eher den Tod als den Grafen
erwartet hatte, kam eilends mit einer
angezündeten Fackel herunter und hielt dem
Grafen, der noch nicht abgestiegen war, ganz
demütig das Pferd.

Der Graf blickte ihn lange ernst und fest an,
ohne ein Wort zu sagen, und Golo stand so
bleich und zitternd da, wie ein Übeltäter vor
seinem Richter. Sein böses Gewissen blickte
ihm deutlich aus den scheuen Augen, und die
ganze Unglücksgeschichte stand ihm wie mit
großen Buchstaben in sein Gesicht geschrieben.

Mit wankenden, unsicheren Schritten ging er
vor seinem Herrn her und leuchtete ihm die
Wendeltreppe hinauf. Seine Hand zitterte so
heftig, dass er kaum die Fackel halten konnte.
Der Graf sah im ganzen Schloss nichts als
Verschwendung und Wohlleben, Unordnung
und Verwirrung. Als er in den großen Saal
getreten war, legte er Helm und Schwert auf
den Tisch, forderte von Golo die Schlüssel der
Burg, trug seinem treuen Wolf auf, die
Burgtore zu bewahren, damit niemand fliehen
konnte, gebot den Dienern, seine müden
Krieger gut zu verpflegen und winkte dann

allen schweigend mit der Hand, sich zu entfernen.

Der erste Gang des Grafen führte zum Zimmer seiner Frau. Golo hatte es gleich nach ihrer Gefangennahme verschlossen und es seitdem nicht mehr betreten, weil sein böses Gewissen das nicht zuließ. Alles war noch so wie an jenem Morgen, da Genoveva es verlassen hatte. Da stand noch der Stickrahmen, in dem ein halbfertiger, mit Perlen durchschlungener Lorbeerkranz die Inschrift umschloss:

„Dem zurückkehrenden Helden Siegfried, seine treue Frau Genoveva".

Graf Siegfried fand unter Genovevas Schriften auch mehrere begonnene Briefe an ihn, voll der edelsten Gesinnungen, voll Liebe und Treue gegen ihn, von denen er aber keinen erhalten hatte. Der bestürzte Graf saß noch um Mitternacht mit verschränkten Armen und voll stummen Schmerzes in einem Lehnsessel und bemerkte nicht einmal, dass die Kerze schon weit heruntergebrannt und am Erlöschen war.

Da kam Bertha, jenes treue Mädchen, herein und brachte ihm den Brief, den Genoveva im Gefängnis geschrieben hatte. Sie zeigte ihm auch die wohlbekannte Perlenschnur und erzählte ihm unter tausend Tränen, wie viel

Gutes Genoveva ihr in ihrer Krankheit getan hatte und was sie in der Nacht, bevor sie zur Hinrichtung hinausgeführt wurde, noch alles gesagt habe. Da löste sich der stumme Schmerz des Grafen in Tränen auf. Berthas Erzählung, besonders aber der Brief, waren ihm der klare Beweis von Genovevas Unschuld. Er weinte so heftig, dass ihm das Gesicht anschwoll und Genovevas Brief von Tränen ganz durchnässt wurde.

Nachdem der Graf lange schmerzlich geweint hatte, fuhr er plötzlich auf, forderte sein Schwert und wollte Golo umbringen. Wolf hielt ihn zurück und sagte ihm, dass er auch Golo nicht ungehört verurteilen dürfe. Da befahl der Graf, Golo noch in der Nacht zu ergreifen, ihn in Eisen und Bande zu schlagen und in das gleiche Gefängnis zu werfen, in dem Genoveva so lange gehungert hatte.

Am anderen Morgen befahl der Graf, ihm Golo vorzuführen. Bis man ihn brachte, las er Genovevas Brief noch einmal. Die Worte „Verzeih ihm, wie ich ihm verzeihe – wegen mir soll kein Tropfen Blut vergossen werden" gingen ihm tief zu Herzen.

Als Golo hereingebracht wurde, blickte ihn der Graf mit seinen verweinten Augen wehmütig an und sagte mit sanfter Stimme:

„Golo, was habe ich dir getan, dass du diesen Jammer über mich brachtest? Was hat dir meine Frau, was hat dir mein Sohn getan, dass du sie ermordetest? Du kamst als armer Junge in dieses Schloss und genossest hier nur Gutes – warum vergiltst du es mir nun so?"

Golo hatte geglaubt, der Graf werde toben und wüten. Diese unerwartete Sanftmut aber brach ihm das Herz. Er fing an, laut zu weinen und rief: „Ach, eine unselige Leidenschaft verblendete mich! Eure Frau ist schuldlos wie ein Engel des Himmels; ich war der Teufel, der sie verführen wollte. Da sie mir kein Gehör gab, wurde ich wie rasend, suchte mich an ihr zu rächen und zugleich mein eigenes Leben zu sichern. Ich fürchtete, wenn sie Euch die Wahrheit sagte, würdet Ihr mich umbringen. Deshalb kam ich ihr zuvor und klagte sie bei Euch falsch an."

Dem Grafen brachte es doch einigen Trost, dass selbst Golo die Unschuld Genovevas bezeugen musste, und er winkte mit der Hand, ihn wieder in das Gefängnis abzuführen, verbarg dann sein Gesicht in sein weißes Tuch, weinte und verwünschte seinen Jähzorn in die unterste Hölle.

Der Graf war von nun an so schwermütig, dass man um sein Leben fürchtete. Sein

Schmerz grenzte bisweilen an Wahnsinn. Die benachbarten Ritter, die indes auch aus dem Feld nach Hause gekommen und seine guten Freunde waren, besuchten ihn oft, um ihn zu trösten. Aber der Graf saß da und wollte keinen Trost annehmen. Immer hielt er sich in Genovevas Zimmer auf und ging sonst nirgends mehr hin, als in seine Schlosskapelle.

KAPITEL 11

Graf Siegfried findet Genoveva wieder

Es vergingen Jahre, bis der Graf sich überreden ließ, wieder aus seinem Schloss zu gehen. Und auch dann musste sein treuer Wolf ihn dazu immer wieder auffordern. Seine Freunde, die Ritter, mussten alles aufbieten, um ihn auch nur ein wenig zu erheitern.

Auf Wolfs Zureden veranstaltete der Graf endlich ein großes Jagen und bat alle Ritter, dabei zu erscheinen. Es war gegen Ende des Winters. Der nächste heitere Tag, an dem es neugefallenen Schnee geben würde, war dazu bestimmt.

Der Tag kam, und mit dem Anbruch der Morgenröte zog der Graf, von einem zahlreichen Gefolge von Dienern begleitet, aus.

Alle waren zu Pferd, und noch viele Leute folgten ihnen mit Packpferden, schwer beladenen Maultieren und mit Jagdhunden. Alle eingeladenen Ritter trafen ein.

Die Waldhörner hallten freudig und mutig durch den Wald. Die Jagd begann, und Ritter und Knechte jagten sehr eifrig. Eine Menge Hirsche und Wildschweine wurden erlegt. Der Graf stieß auf ein Stück Wild, das er mit seinem Wurfspieß verfehlte. Er jagte ihm auf seinem Pferd nach. Das Tier floh durch Dornen und Sträucher und über Felsentrümmer und versteckte sich endlich – in Genovevas Höhle. Denn es war die treue Hirschkuh, von deren Milch Genoveva und ihr Sohn sich schon so lange ernährt hatten.

Da der Graf zuletzt über die steilen Felsen nicht mehr weiterreiten konnte, stieg er ab, band sein Pferd an eine Tanne, verfolgte die Spur des Tieres in dem neugefallenen Schnee und kam zur Höhle. Er schaute hinein und erblickte zu seinem Erstaunen in der Tiefe der dunklen Höhle eine abgezehrte, menschliche Gestalt mit todbleichem Gesicht. Es war Genoveva, die ihre schwere Krankheit zwar überstanden hatte, aber so matt und entkräftet war, dass sie sich in dieser Wildnis nie mehr erholt haben würde.

„Wer bist du und wie kommst du hierher?",
rief der Graf, indem er bestürzt einen Schritt
zurückwich. Denn er erkannte sie nicht mehr.
Sie aber hatte ihn sogleich auf den ersten Blick
erkannt.

„Siegfried", sagte sie mit schwacher Stimme,
„ich bin deine Frau Genoveva, die du zum
Tode verurteilt hast. Aber, Gott weiß, ich bin
unschuldig!"

Da war es dem Grafen nicht anders, als träfe
ihn ein Donnerschlag. Er wusste nicht mehr, ob
er träume oder wache. Da er vor Schwermut
öfter wie von Sinnen war und sich jetzt in
diesem abgelegenen, schauerlichen Tal, tief im
Wald, von allen seinen Leuten weit entfernt
und ganz allein sah, so meinte er, er sähe
Genovevas Geist.

„O!", rief er mit herzdurchdringender
Stimme, „du abgeschiedener Geist meiner
Geliebten! Kommst du zurück, um mich
meiner Blutschuld anzuklagen? Wurde die
entsetzliche Mordtat auf diesem Boden hier
verübt und haben sie deinen entseelten
Leichnam in dieser Höhle begraben? O, kehre
zurück, kehre zurück, seliger Geist; mein
Gewissen foltert mich schon genug. Kehre
zurück in die Wohnungen des Friedens und

bete für mich, für einen armen Mann, der auf der Erde keinen Frieden mehr hat!

Oder erscheine mir nicht in so kläglicher Gestalt; erscheine mir als ein verklärter Engel und sage mir, dass du mir verziehen hast!"

„Siegfried", sagte Genoveva weinend, „Liebster! Ich bin kein Geist! Ich bin wirklich deine Genoveva, deine Frau. Ich lebe noch! Die guten Männer, die mich hinrichten sollten, haben mich verschont. Kennst du denn deine Genoveva nicht mehr? Sieh, ich bin es wirklich! Sieh mich doch nur recht an! Fühle meine Hand! Schau den Ring an meinem Finger, den ich noch von dir habe! O, komm' doch zu dir selbst! O Gott, befreie du ihn von dieser seiner entsetzlichen Einbildung!"

Endlich kam er von seinem Entsetzen zurück und erwachte wie aus einem schweren Traum.

„Ja, du bist es!", rief er und fiel ihr wie vernichtet zu Füßen. Seine Augen ruhten auf ihrer abgehärmten Gestalt, und er konnte lange kein Wort hervorbringen. Endlich brach er in einen Strom von Tränen aus. „Du also", rief er, „du, du bist meine Frau! Du bist jene lieblich blühende Genoveva! Und nun in diesem Elend! Und von mir in dieses Elend verstoßen! O, ich bin es nicht mehr wert, dass mich die

Erde trage! Ich darf meine Augen nicht zu dir erheben! O, kannst du mir verzeihen?"

Genoveva sagte weinend: „Liebster Siegfried, ich habe dir nie gezürnt. Ich liebte dich immer! Ich wusste ja, dass du betrogen wurdest. O, steh auf und komm in meine Arme. Sieh, ich weine ja vor Freude, dich wiederzusehen."

Während sie noch sprach, kam Schmerzenreich. Er hatte nichts als sein Rehfellchen um den Leib und watete mit bloßen Füßen im Schnee, der an einigen Stellen dieses engen Felstales noch sehr tief lag. Unter dem Arm trug er einige frische, tröpfelnde Kräuter, die er eben an der Quelle gepflückt hatte, und in der Hand hielt er eine Wurzel, von der er eben aß.

Als der Junge den Grafen in der prächtigen, ritterlichen Kleidung mit dem hohen, wallenden Federbusch auf dem Helm erblickte, erschrak er und stand still. Er schaute seine Mutter an, sah die Tränen, die ihr reichlich über die blassen Wangen flossen, und schrie laut: „Mutter! Wer ist dies? Ist dies etwa auch einer von den bösen Menschen und will er dich umbringen? Weine nicht!", rief er, indem er auf seine Mutter zusprang „ich lasse dir nichts geschehen. Eher soll er mich umbringen, als dass er dir ein Leid zufügt."

Genoveva sagte freundlich: „O lieber Sohn! Fürchte ihn nicht! Sieh ihn doch an und küsse ihm die Hand. Er tut dir nichts zuleide. Er ist dein lieber, guter Vater. Sieh, er weint über unser Elend. Gott hat ihn hergeschickt, dass er uns davon erlöst und uns mit sich nach Hause nimmt."

Der Junge drehte sich um und blickte auf. Er war mit seinen krausen schwarzen Locken, der edlen Stirn, den großen funkelnden Augen, der schön gebogenen Nase und den wohlgebildeten roten Lippen das lebendige Ebenbild des Grafen.

Als der Graf den hübschen, blühenden Knaben erblickte, war er hocherfreut, zugleich aber über den armseligen Anzug des lieblichen Kindes von innigstem Mitleid durchdrungen. Sein ganzes Herz entbrannte von väterlicher Liebe zu diesem, seinem Kind. „O mein Sohn!", rief er, „mein liebster Sohn! O, komm' in meine Arme!"

Er küsste den Knaben und nahm ihn auf den Arm. Mit dem anderen Arm umschlang er Genoveva und blickte mit Augen voller Tränen zum Himmel und sprach: „O Gott! Das ist der Seligkeit zu viel für mein armes Herz, wider alles Hoffen und Denken mit einem Mal – hier mein liebes Kind das erste Mal zu sehen – und hier meine liebe Frau, mir wie vom Tod zurückgegeben, wiederzusehen."

Genoveva faltete die Hände, blickte fromm zum Himmel und sagte: „Ja, o Gott. Du bist unendlich reich im Geben und weißt dem menschlichen Herzen durch einen Augenblick den Jammer vieler Jahre reichlich zu vergüten. Dir sei Dank!"

Auch Schmerzenreich, der seine Eltern so gerührt beten sah, hob die kleinen Händchen zum Himmel und wiederholte die Worte der Mutter: „Lieber Gott! Dir sei Dank!" Und alle drei blieben noch lange stillschweigend und unbeweglich in dieser Stellung und nur ihr Herz sprach zu Gott, was keine Zunge aussprechen kann.

Endlich fing Genoveva an: „Leben meine Eltern noch? Geht es ihnen gut in ihrem Alter? Wissen sie, dass ich unschuldig bin? Ach, schon sieben Jahre beweinen sie mich als tot, und bereits sieben Jahre habe ich nichts mehr von ihnen gehört!" Der Graf sagte: „Sie leben – sind wohlauf – und wissen um deine Unschuld. Und wenn es möglich ist, sende ich noch in dieser Stunde einen Reiter mit der Freudenbotschaft, dass du wiedergefunden bist, zu ihnen."

Genoveva blickte mit gefalteten Händen, voller Freude und mit Tränen in den Augen zum Himmel auf und rief voll des Dankes: „Nun, so seist du gelobt, o Gott! Du hast mein Gebet erhört, die geheimsten Wünsche meines Herzens erfüllt und auch das noch gewährt, was ich mich kaum zu wünschen getraute!"

Dann führte Genoveva ihren Mann in ihre Höhle, denn sie konnte es mit bloßen Füßen in dem Schnee vor Kälte nicht mehr aushalten. Gebückt trat der Graf in die niedrige Höhle. Mit Wehmut betrachtete er die rauen Wände, das Lager von Moos, die wenigen Kürbisschalen und Binsenkörblein, die Genovevas ganze Einrichtung ausmachten und von ihrer großen Armut zeugten. Mit frommer Rührung sah er das kleine Kreuz an der Wand und den Stein davor, der von Genovevas Knien glatt und ausgerundet war.

Genoveva setzte sich nun auf den steinernen Sitz in der Höhle. Der Graf setzte sich zu ihr und nahm den kleinen Schmerzenreich auf den Schoß.

Sie erzählte ihm, wie wunderbar Gott sie und ihren Sohn erhalten habe, von dem Augenblick an, als die Hirschkuh das erste Mal zu ihr in die Höhle kam, bis zu dem Augenblick, da das gute Tier, von dem Grafen verfolgt, hier seine Zuflucht suchte. Der Graf hörte mit der größten Aufmerksamkeit und der innigsten Teilnahme zu und rief am Ende gerührt aus: „Wunderbar bist du, o Gott, in deinen Führungen und unendlich reich an Mitteln, deine Menschen zu retten!"

KAPITEL 12

Genovevas Einzug in Siegfriedsburg

Vater, Mutter und Sohn gingen nun wieder aus der Höhle heraus, und allen standen noch Tränen der Rührung in den Augen. Jetzt nahm der Graf, um seine Leute zu rufen, sein silbernes Jagdhorn, das ihm an einer goldenen Kette zur Seite hing, und blies dort hinein, dass der Schall hundertfältig von den Felsen widerhallte.

Schmerzenreich, der in seinem Leben so etwas noch nicht gehört hatte, war hoch erfreut über den wunderbaren Schall. Er wollte das Jagdhorn näher besehen, fragte, aus was Horn und Kette gemacht seien und versuchte sogleich zu blasen. Doch die Töne, die er herausbrachte, klangen nicht sehr angenehm.

Und die liebevolle Mutter lächelte, ungeachtet ihrer Augen voll Tränen.

Der Graf stieß noch zwei- oder dreimal in das Horn, und auf den Schall kamen die Ritter und die Diener des Grafen von allen Seiten zu Pferd und zu Fuß herbeigeeilt. Alle staunten über die blasse, abgezehrte Frau, die der Graf an der Hand hielt, und über den schönen, lieblichen Jungen, den er auf dem Arm hatte.

Alle drängten sich herzu und schlossen einen Kreis um ihn. Alle standen ehrerbietig und schweigend umher und waren begierig zu hören, wer die Frau und das Kind seien. Da sagte der Graf mit bewegter Stimme: „Ihr edlen Ritter und ihr, meine treuen Diener. Seht, das ist Genoveva, meine liebe Frau, und das ist mein Sohn Schmerzenreich."

Nach diesen Worten schrien alle vor Schrecken und Erstaunen laut auf, und man hörte hundertfältige Ausrufe und Fragen durcheinander. „O Gott im Himmel! Was? Unsere gnädige Gräfin? Hat man sie denn nicht hingerichtet? Ist sie von den Toten auferstanden? Nein, es ist nicht möglich! Ja, sie ist es dennoch! Ach Gott, in welchem Elend! Seht nur, wie blass sie aussieht! Ach, unser lieber junger Graf!"

Sie konnten vor Freude und Mitleid, Erstaunen und Neugierde kaum mehr aufhören zu rufen und zu fragen, zu jammern und sich laut zu freuen.

Der Graf erzählte ihnen kurz die Hauptsache von Genovevas Rettung und teilte dann unter seinen Leuten Befehle aus. Ein paar seiner Reiter mussten augenblicklich zum Schloss zurückreiten, Kleider für Genoveva holen, eine Sänfte für sie bestellen und Vorbereitungen für ihren Empfang anordnen. Einigen anderen befahl er, die Packpferde und die belasteten Maultiere herbeizuführen. Noch anderen gebot er, Holz zusammenzutragen, an einem trockenen Platz unter einem überhängenden Felsen Feuer anzuschüren und eine Mahlzeit zuzubereiten.

Er selbst öffnete das Gepäck, hüllte seine Frau in seinen scharlachroten, mit schwarzem Pelz ausgeschlagenen Wintermantel und gab ihr ein großes, feines Tuch für ihren Kopf.

Er breitete über ein niedriges, zu einem Sitz dienliches Felsstück neben dem Feuer einen prächtigen Teppich aus und setzte sie auf den ausgebreiteten Teppich.

Schmerzenreich war anfangs scheu und schüchtern wegen der Menge Leute, unter denen er sich auf einmal befand. Nach und nach wurde er aber zutraulicher und gesprächiger. Da er eine Menge Dinge in seinem Leben das erste Mal sah, so hatte er fast ständig etwas zu fragen oder zu bemerken, und die Fragen und Bemerkungen des lebhaften Jungen kamen manchmal sehr lustig und drollig heraus.

Am allermeisten hatte es ihn erstaunt, als er die Ritter erblickt hatte, die zu Pferd in das Tal gekommen waren. Er meinte, Mann und Ross seien zusammen nur ein Geschöpf. „Vater", rief er, „gibt es denn auch Menschen mit vier Füßen?" Der Vater ließ ihm ein Pferd, von dem der Reiter abgestiegen war, vorführen, und Schmerzenreich fragte: „Vater, wo hast du denn diese Tiere gefangen? Solche gibt es bei uns im Wald nicht." Da er das Pferd näher betrachtete und den silbernen, reichlich mit Gold verzierten Zügel in dem Maul des Pferdes bemerkte, rief er: „Ei, fressen denn diese Tiere Gold und Silber? Da fänden sie in unserer Wildnis freilich kein Futter."

Bei der Mahlzeit zogen vor allem die kostbaren Früchte seine Aufmerksamkeit auf sich. Er griff gleich nach den schönen, goldgelben und purpurgestreiften Äpfeln und rief: „Vater, wird es denn bei dir nicht Winter, dass du so schöne, frische Früchte mitbringst?"

Er traute sich kaum, die schönen Früchte zu essen. „Es wäre zu schade dafür", sagte er, „sie sind zu schön." So hatten alle Gäste an dem munteren Kind tausend Freuden, und so viele Tränen vorhin vergossen wurden, so herzlich lächelten nun Vater und Mutter und so laut und viel wurde von Rittern und Knappen jetzt gelacht.

Die Mahlzeit war kaum zu Ende, als der Reiter mit Genovevas Kleidern zurückkam. Genoveva ging in die Höhle, warf sich zuerst auf die Knie, um Gott für ihre wunderbare Rettung zu danken und kleidete sich dann in der Höhle um. Das kleine hölzerne Kreuz nahm sie zum dankbaren Andenken an ihre Leiden mit und trat dann, wieder gräflich gekleidet, aus der Höhle.

Der Graf befahl, das sanfteste Maultier herbeizuführen, breitete einen Teppich darüber und setzte Genoveva darauf. Er selbst schwang sich auf sein Lieblingspferd, nahm Schmerzenreich, der darüber sehr erfreut war, zu sich auf das Pferd, und so zogen nun alle der Heimat zu. Die Hirschkuh lief wie ein zahmes Hündchen hinterher.

Unterwegs begegnete ihnen die Sänfte, die für Genoveva bequemer war, und sie setzte sich mit Schmerzenreich hinein. Sobald der

Zug den Wald verlassen hatte, kamen ihnen schon eine Menge Leute entgegen. Die Nachricht, die Gräfin sei wiedergefunden, verbreitete sich gleich durch die ganze Grafschaft und weit umher rings in allen benachbarten Gegenden. Je näher Genoveva ihrem Schloss kam, desto zahlreichere Scharen von Menschen standen am Weg. Alle grüßten sie mit Tränen und lautem Freudengeschrei.

Unter den Leuten, die ihr entgegenkamen, erschienen auch zwei Pilger mit langen Pilgerstäben und mit Muscheln an ihren Hüten und an ihren Pilgermänteln. Diese traten zu beiden Seiten der Sänfte und fielen Genoveva zu Füßen. Es waren die zwei Männer, die Genoveva hätten hinrichten sollen. Beide, besonders Kunz, baten jetzt Genoveva um Verzeihung, dass sie sie aus Furcht vor Golo in der Wildnis allem Elend preisgegeben und sie nicht lieber zu ihren Eltern nach Brabant gebracht hatten.

Sie erzählten dann, dass sie bald danach vor Golo selbst nicht mehr des Lebens sicher zu sein geglaubt und eine Pilgerfahrt in das gelobte Land gemacht hätten, dass sie von dieser Reise erst vor wenigen Tagen zurück-gekommen waren, dass sie gemeint hätten, Genoveva sei schon längst tot und deshalb miteinander verabredeten, von der ganzen Sache zu schweigen, um den Grafen nicht aufs Neue zu betrüben.

Genoveva ließ sie aufstehen, bot ihnen freundlich die Hand aus der Sänfte und sagte: „Ihr guten Männer, euch habe ich, nach Gott, mein und meines Kindes Leben zu verdanken. Und du, mein Kind", sagte sie hierauf zu Schmerzenreich, „danke ihnen auch. Sieh, das sind die Männer, die dich hätten umbringen sollen, die aber Gott mehr als den Menschen gehorcht haben."

Die Männer warfen sich hierauf dem Grafen zu Füßen und baten auch ihn um Verzeihung und dankten ihm für die Barmherzigkeit, die er ihren verlassenen Frauen und Kindern erwiesen hatte.

In dem Augenblick, da Genoveva eine Anhöhe, worüber die Straße führte, erreicht hatte und Siegfriedsburg vor sich sah, wurden dort auf einmal alle Glocken geläutet. Als Genoveva die feierlichen Glockentöne hörte, wurde sie wieder zu Tränen gerührt, und auch die Tränen der unzähligen Menschen flossen reichlicher. Ja, die allgemeine Rührung wurde zur Andacht, die alle Herzen zum Himmel erhob. Alle lobten und priesen Gott.

Nahe vor Siegfriedsburg war die Menschenmenge unübersehbar und das Gedränge unbeschreiblich. Denn alle wollten ihre geliebte, so lange tot geglaubte Gräfin so nahe wie möglich sehen.

Als Genoveva im Schlosshof angekommen war, erblickte sie vor dem inneren Schlosstor alle edlen Frauen und Mädchen der ganzen benachbarten Ritterschaft. Alle waren über Genovevas Unschuld entzückt und freuten sich über ihre wunderbare Rettung. Alle standen in ihrem schönsten Schmuck, wie an einem hohen Festtag, da, und ganz vorne stand ein hübsches Mädchen, ganz in weiß gekleidet, mit einer Schnur der schönsten Perlen um den Hals und überreichte Genoveva einen Kranz von immergrünen Myrten mit zarten, schneeweißen Blüten als liebliches Zeichen der *Unschuld* und *Treue*.

„Nimm", sagte das Mädchen innig gerührt und konnte die Worte vor Weinen kaum hervorbringen, „nimm diesen Kranz im Namen unser aller; den schöneren Siegeskranz bewahrt Gott dir im Himmel auf."

Genoveva erkannte das Mädchen nicht. Die Frauen sagten ihr aber, es sei Bertha, jenes gute Mädchen, das vor sieben Jahren an das Fenster ihres Gefängnisses gekommen war und damals noch nicht vierzehn Jahre alt gewesen sei.

Als Genoveva das Mädchen ansah und die wohlbekannten Perlen an ihrem Hals erblickte, da kam ihr jene schreckliche Nacht im Gefängnis wieder in den Sinn.

Die Mädchen beschlossen, die immergrünen Myrten mit den weißen Blüten sollten als Sinnbild der jungfräulichen Unschuld und ehelichen Treue von nun an zu Brautkränzen bestimmt sein; eine Sitte, die sich in vielen Gegenden Deutschlands erhalten hat.

Die Freuden dieses Tages und das viele Weinen und Reden hatten Genoveva so angegriffen, dass sie ganz erschöpft war. Sie wurde unverzüglich auf ihr Zimmer gebracht, das sie so viele Jahre nicht mehr betreten hatte. Nachdem sie Gott für ihre wunderbare Rettung noch einmal gedankt und nur noch einige Augenblicke mit Drakos Witwe und Waisen gesprochen und sie ihrer Gnade versichert hatte, begab sie sich in das bereitstehende Bett zur Ruhe. Die treue Bertha aber blieb von nun an ständig um Genoveva, die sich von niemand mehr bedienen ließ als von ihr.

KAPITEL 13

Genoveva sieht ihre Eltern wieder

Während in Siegfriedsburg alle voller Freude waren, herrschte in dem herzoglichen Palast von Brabant noch tiefste Trauer. Der alte Wolf erbot sich, die Freudennachricht, Genoveva sei wiedergefunden, ihren Eltern zu überbringen. Der Graf sagte:

„Lieber, alter Freund. Bleibe du hier und überlasse diese beschwerliche Reise einem jüngeren Mann. Du weißt ja, wie dich unsere Heimreise aus dem Saracenenkrieg erschöpfte und wie oft du unterwegs sagtest, dies sei dein letzter Ritt." Aber Wolf sagte: „Der Mensch denkt und Gott lenkt. Er hat mir nach so manchem kriegerischen Zug zu guter Letzt noch einen Ehren- und Freudenritt zugedacht, und den lass' ich mir nicht nehmen. Erlaubt es doch, lieber Herr; und lasst mich hin!"

„Nun", sagte der Graf gerührt, „so zieh denn hin, lieber, alter, treuer Kriegsgefährte. Nimm das beste Pferd aus meinem Stall und wähle dir die zwölf bravsten meiner Reiter zum Schutz aus. Sage meinen teuren Schwiegereltern alles, was dir dein edles Herz eingeben wird, und was ich ihnen, wie du wohl weißt, selbst sagen würde. Gott sei dein Geleitmann und führe dich wieder wohlbehalten in meine Arme zurück."

Auch Genoveva hatte ihn noch einmal rufen lassen und ihm an ihre teuren Eltern all dasjenige aufgetragen, was kindliche Ehrfurcht und Liebe ihr nur eingeben konnten.

Wolf hatte die ganze Nacht keine Ruhe. Bevor die Morgendämmerung des folgenden Tages anbrach, weckte er die Reiter, spornte sie zur Eile an, saß dann wohlgerüstet auf und zog mit den Reitern fort. Immer ritt er voraus und rief ihnen wohl hundertmal am Tag zu:

„Frisch, Kameraden, vorwärts, vorwärts!", und so ging es einen Tag nach dem anderen, vom frühen Morgen bis spät in die Nacht.

Ein alter Ritter, auf dessen Schloss Wolf mit seinen Reitern übernachtete, erzählte ihm, dass der fromme Bischof Hildolf, der Genovevas

Ehe mit Siegfried gesegnet hatte, nur einige Stunden entfernt, eben eine neuerbaute Kirche einweihe. „Da müssen wir schnell hinreiten", sagte Wolf. „Der heilige Mann muss unsere Freudenbotschaft auch erfahren. Und da er ein gar weiser und kluger Herr ist, so will ich ihn um guten Rat bitten, wie ich meine Botschaft dem Herzog und der Herzogin am besten überbringen kann."

Wolf ritt mit seinen Leuten gleich zu dem Bischof, erzählte ihm alles Geschehene und brachte dann seine Bedenken vor. Der Bischof freute sich sehr, lobte Gott laut und sprach dann zu Wolf: „Seid ruhig, alter Mann. Gott fügt alles, bis auf die kleinsten Umstände, sehr wohl. Ich wollte eben zu den trauernden Eltern reiten, wohin mich mein Amt ruft. Wir reisen alle zusammen."

Der ehrliche Wolf war darüber sehr vergnügt, und es war ihm keine geringe Freude und Ehre, mit seinen Reitern den Bischof begleiten zu dürfen.

Der Herzog und die Herzogin hatten das Andenken jenes schrecklichen Tages, an dem sie die Nachricht von Genovevas Hinrichtung erhalten hatten, alljährlich in ihrer Schlosskirche unter Gebet und Tränen gefeiert. Dieser Tag war jetzt eben wieder angebrochen, und sie saßen am Morgen desselben beisammen auf ihrem Zimmer und waren beide voll tiefer Trauer. Sie waren seitdem sehr gealtert, und ihre Haare waren vor der Zeit grau geworden. Beide waren in Trauerkleider gehüllt; ja, die Herzogin hatte seit jenem traurigen Tag die schwarze Farbe gar nicht mehr abgelegt.

Es war jetzt bereits Zeit zum Gottesdienst, und sie erwarteten nur noch die Ankunft des Bischofs, den sie, wie alle Jahre, so auch in diesem Jahr eingeladen hatten, an dem Altar, an dem Genoveva im Brautkranz vor ihm gestanden hatte, das Gedächtnis ihres Todes zu feiern.

Da trat der ehrwürdige Bischof ein. Sein Gesicht leuchtete von himmlischer Freude. „Lasst nun mal das Trauern und freut euch in dem Herrn", sagte er und fing an, mit hoher Begeisterung und tiefer Rührung von den wunderbaren Wegen der göttlichen Vorsehung zu sprechen, erzählte von Jakobs Trauer, dem sein Sohn Joseph geraubt wurde, schilderte dann Jakobs Freude, als er seinen Sohn Joseph wiederfand, und der Geist, mit dem der Bischof sprach, sowie das sanfte Feuer seiner Beredsamkeit ergriff sie mächtig.

Der Gedanke an Gottes alles lenkende Liebe und an Jakobs Vaterfreude erfüllte auch ihre

Herzen mit Freude und verdrängte aus denselben alle Trauer.

„Der Herr tut auch jetzt noch große Dinge", sagte jetzt der Bischof, „er schlägt Wunden und heilt sie wieder; er führt in die Grube hinein und wieder heraus; er, der Gott Jakobs und Josephs, lebt noch. Er, der euer Herz stärkte, dass es der Jammer nicht brach, wolle es jetzt wieder stärken, dass es der Freude nicht unterliege. Anstatt der Trauergesänge, die wir eben jetzt in der Kirche anstimmen wollten, lasst uns ein freudiges: ‚Herr, Gott, dich loben wir!' singen. Denn Genoveva lebt – und ihr werdet sie sehen."

Ihre Eltern blickten ihn erstaunt an. Ein Schauder überlief sie bei des frommen Mannes ausdrucksvollen Worten. Hoffnung und Furcht kämpften in ihren Herzen, und sie konnten das, was er sagte, noch nicht glauben.

Da öffnete der Bischof die Tür, rief den alten, ehrlichen Wolf, der mit klopfendem Herzen bei den Dienern des Herzogs im Vorzimmer stand, herein und sprach: „Dieser hier ist der Mann, der euch das Weitere sagen wird."

Wolf trat herein und rief: „Sie lebt! Es ist gewiss so. Mit diesen, meinen Augen habe ich sie gesehen, mit diesen, meinen Ohren ihre

Stimme vernommen und mit dieser, meiner Hand die ihrige gefasst."

Die Wörter: „Genoveva lebt!" hatten sich augenblicklich im ganzen Palast verbreitet. Alle Diener des Herzogs und alle Dienerinnen der Herzogin stürzten erstaunt, erschrocken, erfreut und fast außer sich in das Zimmer. Wolf aber stand da und erzählte die ganze wunderbare Geschichte. Die Tränen zitterten an seinen grauen Augenwimpern, und oft brach ihm seine Stimme vor Rührung.

Alle standen bebend, weinend und schluchzend da, und der Herzog und die Herzogin saßen bleich vor Freudenschrecken da und wussten fast selbst nicht, wie ihnen geschah. Endlich, da sie nicht mehr zweifeln konnten und die Männer, die mit Wolf gekommen waren, jedes seiner Worte bestätigten und Wolf ihnen noch jedes Wort sagte, das Genoveva und der Graf ihm aufgegeben hatten, da war es ihnen, als erwachten sie aus einem schweren Traum. Sie lebten gleichsam von Neuem wieder auf und riefen beide:

„Wir haben genug gelebt, da unsere Tochter Genoveva noch lebt! Wir wollen hin und sie sehen, ehe wir sterben!" Nachdem sie Gott in seinem Tempel feierlich gedankt hatten, reisten sie unverzüglich ab, und der fromme Bischof und der ehrliche Wolf mit seinen Leuten sowie ein großes Gefolge von Dienern begleiteten sie.

Genoveva hatte sich indes durch die zärtliche Sorgfalt und liebreichste Pflege merklich erholt, und auf ihren Wangen erschien wieder eine sanfte Röte. Der einzige Wunsch, den sie jetzt noch auf Erden hatte, war der, ihre geliebten Eltern zu sehen.

Da kamen sie plötzlich und viel früher als erwartet in Siegfriedsburg an. Sie begrüßten Genoveva mit heißen Tränen. Der ehrwürdige Vater sagte mit einer Empfindung wie einst Simeon, indem er sie umarmte: „Nun, Herr, lässt du deinen Diener in Frieden dahinscheiden." Und die fromme Mutter sprach, sie umarmend, mit einer Rührung, wie einst der Patriarch Jakob: „Nun will ich gerne sterben, da du noch lebst und deine Unschuld an den Tag kam." Und beide Eltern weinten die seligsten Tränen, indem sie abwechselnd Genoveva in ihre Arme schlossen.

Dann erblickten sie den hübschen Jungen und riefen beide zugleich voll Entzücken: „Du bist also unser Enkel! O komm, komm in unsere Arme!" „Gott segne dich, mein Kind!", rief der Großvater, indem er ihn auf die Arme nahm und ihn küsste. Und: „Gott segne dich, du liebes, süßes Kind", wiederholte die Großmutter, als sie den Knaben aus des Großvaters Armen in die ihrigen nahm und ihn mit Küssen und Tränen der Freude überhäufte.

Und beide riefen fast gleichzeitig und voll Anbetung Gottes: „O, wunderbar, wunderbar ist Gott! Wir beweinten dich als tot, liebste Tochter, und dachten, dein Gesicht auf Erden nicht mehr zu sehen, und jetzt lässt uns Gott sogar noch deinen Sohn, unsern geliebten Enkel, sehen!"

Sobald es bekannt wurde, dass Genoveva sich viel besser fühlte und sich von ihren Leiden erholt hatte, kamen jeden Tag Menschen, die sie sehen wollten. Wolf musste es Genoveva auf Ritterehre versprechen, auch die Geringsten nicht abzuweisen. Da war denn der Zulauf sehr groß, und immer wurden mehrere zugleich in das Zimmer gelassen. Die Besucher waren aber so still und befangen, dass sie sich kaum zu atmen und nicht vorwärts zu gehen getrauten, sondern an der Tür stehenblieben. Die Männer standen mit ihren Mützen unter dem Arm so ehrerbietig da wie in der Kirche, und sogar die kleinen Kinder auf den Armen der Mütter hoben andächtig die Händchen auf.

Schmerzenreich musste jedem der Kinder etwas Schönes zum Andenken schenken; unbeschenkt wurde kein Kind entlassen. Diese Güte und Freundlichkeit und die schönen Zusprüche ihrer gnädigen Gräfin gingen den Menschen sehr zu Herzen, und die härtesten Männer weinten wie Kinder.

Genovevas Frömmigkeit, ihre Leiden, ihre Geduld, ihr Wort und Beispiel waren ein großer Segen für das ganze Land. Weit umher wurden die Menschen viel frömmer und besserten sich augenscheinlich, und in mancher Hütte, in der vorher der Unfriede zu Hause war, wohnten nun Eintracht und Liebe, Ruhe und Zufriedenheit.

KAPITEL 14

Golos Schicksal

Wenn die Leute aus dem Zimmer der Gräfin herabkamen, wollten sie auch noch Golo sehen. Ein Blutgericht hatte ihn als einen Verleumder, treulosen Diener und dreifachen Mörder zum Tode verurteilt. Er sollte von vier Pferden oder vier Ochsen in vier Stücke zerrissen werden. Aber der Graf hatte ihm auf die herzliche Fürbitte seiner frommen Frau die Todesstrafe erlassen. Ihn aber von dem ewigen Gefängnis zu befreien, stand nicht in des Grafen Gewalt.

Der Kerkermeister, der den Leuten Golo zeigen musste, hatte sehr viel zu tun und fast den ganzen Tag keine Ruhe. Er tat es aber doch gerne. „Kommt nur", sagte er zu den Leuten. „Da oben im Zimmer der Gräfin habt ihr ein Bild der Unschuld und der Tugend gesehen.

Da unten in Golos Gefängnis könnt ihr nun das Bild der Sünde und des Lasters sehen."

Er ging mit der Laterne und einem Bund Schlüssel voraus, die enge steinerne Stiege hinab. Als er die schwere, eiserne Tür aufmachte, da wurde es den Leuten ganz schauerlich, und als er mit der Laterne in das Gefängnis hineinleuchtete und sie Golo sahen, erschraken sie noch mehr. Denn Golo war fürchterlich anzusehen.

Das Haar hing ihm wild und zerzaust über die Stirn, und er hatte einen langen Bart. Sein Gesicht war bleich wie eine Wand, und er blickte mit seinen schwarzen Augen scheu und grässlich umher. Sein böses Gewissen peinigte ihn so, dass er oft wie wahnsinnig war, fürchterlich brüllte, mit seinen Ketten rasselte und den Kopf an die Wand stieß. Auch wenn er mehr bei sich selbst war, führte er allerlei seltsame Reden, die einem durch Mark und Bein gingen.

„O Tor! Tor! Siebenfacher Tor, der ich war!", schrie er oft. „O wehe dem, der von Gott abweicht, sein Herz bösen Begierden öffnet und die Stimme seines Gewissens nicht mehr hört! Anfangs mag er einige falsche, eitle, betrügerische Freuden genießen, aber sein Ende sind Jammer und Elend! Er wandelt zuerst auf Blumen; aber plötzlich stürzt er in einen Abgrund, den die Blumen vor seinen Augen verbargen.

Wehe, wehe dem, der nach verbotenen Freuden trachtet! Er glaubt, sich einem blühenden Rosenstrauch zu nähern, streckt die Hand nach einer Rose aus, aber plötzlich fährt eine zischende, giftgeschwollene Schlange aus dem Strauch hervor, umschlingt ihn mit siebenfachen Ringen und würgt und drosselt und zerfleischt ihn ohne Aufhören mit giftigen Bissen!"

Manchmal fragte er, obwohl man ihm das schon oft gesagt hatte: „Ihr Leute! Ist es wahr, hat man die Gräfin und ihr Kind wiedergefunden? Ist es so oder hat mir's nur so geträumt? Nein, nein! Es hat mir nicht geträumt. Es ist so, es ist wirklich so. Ich glaub's. Denn hört", fuhr er dann mit wehklagender Stimme fort, „Gott ist ein furchtbarer Rächer! Er hat sie aus diesem Gefängnis errettet und mich in eben dieses Gefängnis hinuntergeworfen. Ja, ja, da saß sie", sagte er und schlug mit der Hand auf das rote Steinpflaster. „Da, auf diesem Boden, wo ich jetzt sitze. Glaubt ihr nun, dass Gott gerecht ist?"

Ein anderes Mal rief er: „Gottlob! Kommt ihr nun einmal, mich abzuholen! Nun, so führt mich denn hinaus zur Richtstätte. Ich gehe gern", sagte er und stand auf. „Ich habe eine unschuldige Mutter und ein armes Kind umgebracht, darum muss man mir den Kopf abschlagen. Ich habe unschuldiges Blut vergossen; seht ihr's da, meine Hände sind noch voll Blut; seht ihr's, über und über sind sie blutrot! Seht, die Bäche voll Tränen, die mir aus den Augen fließen, waschen sie nicht mehr weiß. Darum muss ich mein Blut auf der Richtstätte auch verspritzen. Ich tu es aber gern! Besser unter dem Schwert des Scharfrichters sterben, als diese Qual da – da – da drinnen", er zeigte auf die Brust – „noch länger zu erdulden!"

In diesem verzweiflungsvollen Zustand lebte Golo viele Jahre, und ob sein Tod tröstlicher war, weiß man nicht. Man sagt, er habe keine Ruhe gehabt, bis man ihm sein Recht endlich doch angetan habe.

KAPITEL 15

Andenken an Genoveva

Nachdem die Kinder Genoveva, Schmerzenreich und Golo gesehen hatten, wollten sie, wie Kinder nun einmal sind, auch noch die Hirschkuh sehen. Der Graf hatte ihr einen eigenen schönen Stall bauen lassen. Sie lief frei im Schlosshof herum; ja, sie kam wohl auch in das Schloss und die Stiege herauf bis vor Genovevas Zimmer und war da nicht wegzubringen, bis man sie für einige Augenblicke hereingelassen hatte.

Sie war sehr zutraulich gegen alle Leute und fraß ihnen aus der Hand, und auch die Jagdhunde auf dem Schlosshof taten ihr nichts zuleide. Die Kinder hatten eine große Freude an dem schönen Tier, gaben ihm Brot und streichelten es, und die Mütter sagten: „Mein Gott, wenn dieses Tier nicht gewesen wäre, so wären unsere liebe Gräfin und unser lieber junger Graf in der Wildnis umgekommen!"

„Darum soll man kein Tier plagen", sagte die Magd, die das treue Tier zu verpflegen hatte. „Wenn wir den Ochsen nicht hätten, den wir vor den Pflug spannen, und keine Kuh, die uns Milch gäbe, so ginge es uns wohl ebenso schlimm, als es der lieben Gräfin ohne Hirschkuh in der Wildnis ergangen wäre. Ja, die Welt wäre ohne die Tiere eine rechte Wildnis für uns. Man sähe da wenig bebaute Äcker, und die schönsten Wiesen würden uns nichts helfen. Darum plagt euer Vieh nicht, und lasst uns Gott auch für diese Wohltat danken."

So lange Genoveva am Leben weilte, lebte sie in Freude und tat noch unaussprechlich viel Gutes. Ihr übriges Leben glich einem schönen Frühlingsabend nach einem schweren Gewitter, das glücklich vorüberzog; und ihr Tod war wie der schöne, liebliche Untergang der Sonne, die noch leuchtet und Segen verbreitet, bis auch ihr letzter Strahl nicht erlosch, sondern sich nur unseren Augen entzieht, um herrlicher in einer anderen Welt aufzugehen. Sanft und selig war ihr Ende.

In der Wildnis hatte der Graf auf Genovevas Bitte eine Einsiedelei anlegen lassen. Rechts neben Genovevas Höhle stand die Kapelle. Der fromme Bischof Hildolf weihte sie ein, und das Volk nannte dieselbe Frauenkirche. Genovevas Geschichte war zierlich und schön an den Wänden aufgemalt, und das kleine hölzerne Kreuz, an dem so viele teure Erinnerungen hafteten, wurde – doch erst nach Schmerzenreichs Tod – in Gold gefasst und auf den Altar gestellt.

Zur anderen Seite der Höhle war die Zelle des Einsiedlers nebst einem zierlichen Gärtchen, durch das die Quelle floss. Sehr viele Menschen kamen dorthin, und der freundliche

Einsiedler zeigte ihnen dann das kleine Kreuz, die Gemälde, die Höhle, den Stein, auf dem Genoveva gekniet, und die Quelle, aus der sie getrunken hatte, erzählte ihre Geschichte und ermahnte Groß und Klein, ihrem guten Beispiel zu folgen.

Das Volk verehrte Genoveva sehr, und nach fast hundert Jahren rühmten sich noch alte, eisgraue Männer: „Als ich noch ein Kind war, habe ich Genoveva gesehen!", und sie erzählten den zuhörenden Enkeln und Urenkeln, was Genoveva ihnen gesagt hatte.

Das Schloss Siegfriedsburg oder Siegfriedsheim, im gemeinen Leben bloß Siegmern oder Simmern genannt, wo Siegfried und Genoveva gewohnt hatten, war indes zerstört, und es sind unter dem Namen Altsimmern nur noch, nicht weit von Koblenz, einige Trümmer davon zu sehen; aber die Ehrfurcht und Liebe gegen Genoveva war dauerhafter und unzerstörbarer als jede feste Mauer.

Verlagsprogramm

Lernen Sie unser umfassendes Verlagsprogramm auf der Webseite www.verlagsbuchhandlung-goss.de kennen und entdecken Sie weiter Bereiche wie z.B. die christlichen Ratgeber, Biographien und Essays mit Beratungsangeboten oder die Musikproduktionen von dem TonStudio Goss.

Wollen Sie über Neuveröffentlichungen informiert bleiben und zusätzlich von Vorzugsangeboten profitieren? Dann melden Sie sich mit Ihrer E-Mail-Adresse für unseren Newsletter an. Eine E-Mail mit dem Betreff „Newsletter" reicht aus.

Als christlicher Verlag unterstützen wir Newcomer in der Musik mit selbstgeschriebenen Text und Musik oder Jungautoren bei der Veröffentlichung und im Vertrieb ihrer vorhaben. Wenn Sie ihr christliches Werk veröffentlichen wollen, dann fragen Sie uns gerne an. Wir prüfen gerne gemeinsam ihr Anliegen.

Die „Historische Buchreihe zu Glaube, Hoffnung, Liebe" beinhaltet weitere historisch christliche Kinder- und Jugendbücher, die vollständig sprachlich überarbeitet und illustriert wurden. Romana Christ stellt in der christlichen Buchserie folgende Geschichten vor:

Romana Christ

Historische Buchreihe zu Glaube, Hoffnung, Liebe

Bd. 1: Genoveva, die treue Ehefrau
Bd. 2: Ein Erbteil aus dem aus dem Hause der Großeltern
Bd. 3: Rosa von Tannenburg
Bd. 4: Der neue Pfarrer
Bd. 5: Wasserflut am Rhein
Bd. 6: Heinrich von Eichenfels
Bd. 7: Das Blumenkörbchen
Bd. 8: Der alte Matthias
Bd. 9: Das Täubchen
Bd. 10: Die zwei Brüder
Bd. 11: Kordula
Bd. 12: Gretchen Reinwalds 1. Schuljahr
Bd. 13: Gretchen Reinwalds 2. Schuljahr
Bd. 14: Das Schloss
Bd. 15: Der Ehrenbrief
Bd. 16: Meister Krusekopf
Bd. 17: Ruht 1
Bd. 18: Ruht 2
Bd. 19 Die zwei Brüder
Bd. 20: Ein einsames Kind

Christ, Romana (2020): **Ein Erbteil aus dem Hause der Großeltern**: Eine Familien- und Hundegeschichte für Kinder, die Herzen und Augen öffnet und den Glauben stärkt. Vollständig sprachlich überarbeitet und illustriert. (*Historische Buchreihe zu Glaube, Hoffnung, Liebe. Bd. 2*). Nürnberg: VG Kinder- und Jugendbücher. ISBN 978-3-96842-015-8

Liebe Leserin und lieber Leser,

wir hoffen, dass Sie wertvolle Impulse aus unserem Buch dazugewonnen haben. Sehr gerne können Sie uns als Verlag persönlich kontaktieren und eine E-Mail mit Ihren persönlichen Eindrücken zum Buch schreiben (info@verlagsbuchhandlung-goss.de). Wir freuen uns auf Ihre Rückmeldung zu unseren Publikationen. Schauen Sie ebenfalls auf unserer Homepage vorbei.

Hat Ihnen das Buch gut gefallen?

Dann ist es für uns eine große Ehre, wenn Sie beispielsweise bei Amazon eine öffentliche Rezension zu unserem Buch verfassen. Das hilft anderen Lesern, dieses Buch zu finden und einzuschätzen. Vielen herzlichen Dank, wenn Sie nun für eine Bewertung oder eine Rezension ein paar Sätze schreiben.

Nürnberg, November 2020

Ihre Verlagsbuchhandlung Goss

http://www.verlagsbuchhandlung-goss.de